KB143430

존재와 시간

대표에세이 문학회

존재와 시간

초판 발행 2022년 11월 5일
지은이 대표에세이문학회
펴낸이 안창현 **펴낸곳** 코드미디어
북 디자인 Micky Ahn **교정 교열** 민혜정

등록 2001년 3월 7일
등록번호 제 25100-2001-5호
주소 서울시 은평구 갈현로 318-1 1층
전화 02-6326-1402 **팩스** 02-388-1302
전자우편 codmedia@codmedia.com

ISBN 979-11-89690-78-6 03810

정가 15,000원

존재
와
시간

국화꽃이 노랗게
피우는 이야기

　뜰 안의 국화가 아롱아롱 이야기꽃을 피웁니다. 다가가 귀 기울였더니 초롱초롱 실타래를 풀어헤칩니다. 또롱또롱 그 소리 이슬 머금고 마디마디 또르르 굴러갑니다. 노랗게 노랗게 가을을 읽습니다.

　봄이 무르익던 그 어느 날, 안동 땅으로 봄소풍 왔던 우리 대표에세이문학회 식구들이 들려주고 간 단어들을 소중하게 간직하고 있다가 정자 옆 국화꽃이 다시금 풀어놓고 있었습니다. 쟁여 둔 그 한마디도 놓치지 않고 꽃으로 모두 피워내고 있었습니다.

　그런데 나만 멀거니 밤나무 할아버지로 서서 알밤을 굴리고 있네요. 김영곤 주간님께서 책의 머리글을 몇 번이나 독촉하다가 내가 미적거리니까 시라도 한 편 보내라고 하네요.

꽃잎을 떨구기에
여름이 오나 싶어
뒤뜰에 가봤더니
그니는 온 데 없고
덧없는
높새바람만
촘촘하게 누웠네

낙엽이 나뒹굴어
바람이 이는구나

먼 산을 바라보니
그니는 간데없고
가을이
속절없이 깊어
잰걸음으로 가네
　　　- 졸시 「세월아」

　밤나무가 늦가을로 접어들자 너무나 쇠잔하여 멍하니
하늘만 봅니다. 다들 꽃으로 피는데 말이죠. 애초에 늙은 말
은 여물만 씹어야 했다는 생각엔 지금도 변함이 없습니다.
　꽃으로 필 줄도 모르게 기력을 잃은 늙은이에게 책임을
맡겨 많이 침체했다고 하니 김영곤 주간님께서 위로 삼아
하는 말이 있었습니다. 쉬었던 세미나도 개최했고 책도 무
사히 나오게 되었으니 소임은 다한 게 아니냐고. 주간님의
명석, 해박하게 쌓은 노하우로 한 해가 무사히 가는 것 같
습니다. 식구들의 적극적인 관심과 격려도 한몫했음에 감
사합니다.
　선돌길 언덕의 국화꽃에서 피우는 도란도란 이야기가
또롱또롱 영롱한 가을을 노랗게 씁니다.

2022년 11월 5일
대표에세이문학회 회장 고재동

Contents

Contents

존재와 시간

대표에세이 문학회

존재

정목일

비 오는 여름, 있어도 없어도 그만일 듯한 개망초꽃이 되어 들판에 나가 보았어. 비안개 속으로….

누가 치는 것일까. 한 가닥 실바람 끝에서 실로폰 소리가 들려왔어. 무논에 펼쳐놓은 초록빛 융단 위에 문득 드러눕고 싶었어. 그냥 논바닥 위에 누워 버릴까…. 한 포기 벼가 되는 거야. 한 알의 비안개 미립자가 되는 거야. 무논의 물과 부드러운 흙에 닿아있는 벼들의 수염뿌리가 되는 거야.

희뿌옇게 비안개 속에 펼쳐진 외로움의 광막한 공간-. 숲속이나 안개 속에선 머리 위로 커다란 장막이 둘러쳐져 그 안에 있는 모든 것이 한 세상에 있음을 느꼈어.

나를 낳게 한 것은 이 대지大地가 아니었을까. 들판에 드러눕고 싶은 건 한 알의 씨앗이 되어 마침내 땅에 묻히게 되는 까닭 때문일 거야.

농부는 어깻죽지가 빨리 썩어야 흙으로 편안히 돌아가고, 썩고 썩어야 향기로운 새 생명이 탄생하는 법이지. 나는 어디로 가는 걸까. 영원히 풀리지 않는 물음 속에 갇혀서 안개처럼 어디로 흘러갈까.

비 오는 여름 들판에선 초록빛 생명의 피비린내가 풍겼어. 대지에 묻힌 자의 썩은 흔적 위에 생명의 떡잎들이 피어나서 진초록의 내음이 자욱했어. 누구나 어머니의 젖무덤같이 부드러운 땅의 속살에 한 톨의 씨앗이 되어 묻히게 될 걸⋯. 썩은 진흙 속에서 연꽃이 피어나듯이⋯.

노인은 볍씨처럼 땅에 묻혀 다시 태어나고 초목의 초록은 짙어가 황금빛으로 변해가는 거야.

나는 개망초일 수도 한 포기 벼일 수도 있어. 비 안개 한 알의 미립자인걸. 한 알의 흙일 따름이야. 물은 구름이 되고 또 강물이 되어 흐르지. 모든 게 흐르고 있어. 죽음은 생명을 낳고 생명은 죽음을 위해 있어. 나는 비안개 한 알의 미립자가 되어 떠돌고 있지만, 언제나 너에게 닿고 있어. 너의 손, 이마, 눈동자, 입술에 닿고 싶어. 닿으며 손잡고 흐르고 싶을 뿐⋯.

작년 가을, 산길을 걷다가 소나무 밑 바위에서 쉬고 있었어. 무심코 바짓가랑이에 풀씨가 붙어있는 것을 보곤 하나씩 떼어내고 있었어. 허공 중에 흩날릴 풀씨 한 알을 들여다보면서 일생一生은 이렇게 끝나는구나 생각했어. 꽃은 잠시 피어 시들고 사라지는구나. 그 생각의 끄트머리가 설레설레 고개를 흔들었어. 끝이 아니야. 버려진 듯 하찮아 보여도 귀중한 결실이었어. 꽃으로 피어 이루고 싶은 소망이었어.

인간의 무덤 위에 풀들은 자라고, 사라지지 않아. 풀씨 한 톨에서 느껴지는 생명의 맥박⋯.

꽃향기가 풍겨왔어. 생명의 궁전이었어. 끝이 아니라 언제나 시작인 영원을 잇는 고리였어.

비안개 덮인 여름 들판에 나가보면 모두가 한 세상 속에 은밀히 닿아 있음을 느껴. 삶과 죽음을 뛰어넘어 존재의 의미도 말할 필요도 없이-. 나는 한 개의 미립자일 뿐이야. 한 알의 모래알-.

가끔 깨닫곤 하지. 나는 없어도 좋을 듯한 존재가 아니라는 것을…. 한 알의 씨앗이 되려면 사랑과 삶의 의미로 뭉쳐진 결실이 있어야 한다는 걸. 그래야 싹이 나고 떡잎이 나지 않을까.

싹을 틔우는 씨앗 하나 되는 것도 예사롭지가 않아. 나는 그냥 무의미한 존재가 아니야. 삶에 무게를 담아 한 톨의 씨앗이 돼야 해. 언젠가 눈을 감고 대지에 드러누울 수 있게. 들판에서 싹을 틔울 수 있게.

내 일생도 씨앗이 될 수 있을까. 다시 돋아날 수 있을까. 어떻게 하면 아름답게 썩을 수 있을까. 개망초는 있으나 마나 한 존재가 아니었어. 흙도 죽은 자의 넋과 흔적이 이룬 한 알씩의 결정結晶이었어. 실낱같은 바람 한 가닥도 생명을 키우는 힘살이었어.

작년 가을에 보았던 그 풀씨들은 어느 곳의 초록이 되었나.

나는 대지가 포근히 맞아줄 씨앗 한 톨이고 싶어. 초록이 되고 들판이 되고 싶어. 너와 함께 무지개로 떠오르고 싶어.

정목일 |『월간문학』수필 등단(1975년),『현대문학』수필 천료(1976년). 수상 : 한국문학상, 조경희 문학상, 원종린문학상, 흑구문학상 등. 대표저서 : 수필집『아름다운 배경』, 수필 평론집『한국 현대 수필의 탐색』, 문학론『행복한 수필 쓰기-현대수필 창작의 이론과 실제』, 기행집『실크로드-세계역사문화기행』외. 한국문인협회 부이사장 역임. 연세대 미래교육원 수필 지도교수 역임. 한국문인협회 수필교실 지도교수 역임. 다음 카페 '정목일문학관'. E-mail : namuhae@hanmail.net

단단한 침묵

지연희

7월 후미 열대야가 지속되고 있다. 방 밖의 밤 온도가 25℃ 이상으로 이어지는 밤이다. 이 폭염의 시간들은 회복되지 않는 코로나바이러스19의 위협과 맞물려 쉬이 견디어 내기 어렵다. 델타바이러스 등 신종 바이러스가 창궐하고 있는 오늘날 코로나19는 언제까지 지구촌 삶의 불안을 끌고 가려는지 걱정이 줄지 않는다. 삶은 고통과 축복의 교차 속에서 행복과 불행의 가치를 깨달아 겸손의 의미를 터득하게 하려는 모양이다.

이제 조금만 더 견디어 내면 계절은 이 용광로 같은 폭서의 힘겨움에서 벗어나게 할 것이다. 확실한 믿음으로 다가설 가을의 풍성함을 기다리고 있다. 저 작열하는 햇살을 온몸으로 받아내며 생명을 키우는 푸른 논밭의 굳건한 의지를 믿고 있다. 나무는 제 안에 키우는 결실의 열매가 있어 저토록 견디고 있는 것이다. 단단한 침묵의 꽃 한 송이를 피우려는 결의이다. 아름다움은 어떤 고통이 다가와도 묵묵히 인내하여 일어서는 의지가 아닌가.

9월이 다가오면 얼마나 풍성한 열매들이 우리를 행복하게 할지 생각만으로도 감사하다. 지난 봄 꽃을 피워내고 꽃자리에 물고 있던 열매들의 온전함을 위하여 온갖 뿌리들은 얼마나 조바심하였을지 그 염려로 키워낸 과실들이며 곡물들이 생명의 생존을 잇고 있다. 굳건한 의지로 키워낸 고단한 역사가 있어 오늘의 내가 있고 내일의 누군가가 걸어가게 된다. 단단한 침묵으로 일어서는, 어떤 고난도 딛고 일어서는 나무가 아름답다.

지연희 |『한국수필』(1982년),『월간문학』수필부문 신인상(1983년).『시문학』신인문학상(2003년) 당선. 제5회 동포문학상, 제11회 한국수필문학상, 대한민국 예총 예술인상, 제9회 구름카페문학상, 제30회 동국문학상, 제12회 조경희수필문학상 수상. 저서 : 수필집『식탁 위 사과 한 알의 낯빛이 저리 붉다』외 15권, 시집『메신저』『그럼에도 좋은 날 나무가 웃고 있다』외 6권. 사)한국문인협회 수필 분과회장, 사)한국수필가협회 이사장 역임. 사)한국여성문학인회 부이사장 역임. 사)현대시인협회 이사, 사)한국시인협회 회원. 계간『문파』발행인. E-mail : yhee21@naver.com

파지와 의지
破紙　義肢

권남희

　시간의 흔적에 집착하는 이유는 무엇일까. 웬만한 일들은 무심하게 흘리고 아무 일도 아닌 것처럼 스치면서 때로 바람처럼 지나가는 시간과 일들에 마음을 두고 붙잡으려 애를 쓴다.

　김동리 소설가에게 공부할 때였다. 앞줄에 앉아 강의를 녹음하고 받아 적으며 무심코 버리는 쪽지 한 장까지 챙기는 나에게 누군가 왜 그런 것을 주워서 간직하는지 물었다.

　한국의 대문호 아닌가. 시간과 공간이 담긴 소설가의 필적을 챙겨두고 싶었다. 선생의 삶은 내 것이 아니지만 그는 이미 내 삶 속으로 들어앉았다. 그가 버린 파지라 해도 누군가에게는 빛나는 것이었다.

　일본 소설가이며 화폐에도 나왔던 나쓰메 소세키는 따르는 제자와 팬이 많았다. 그중 우치다 햣켄과 류노스케 등 몇몇은 고정으로 맥을 드나드는 제자였다. 선생이 연재소설을 쓰다가 버리는 맞춤 원고지가 파지로 높게 쌓이니까 어느 날 선생의 허락을 구해 다른 제자와 나누어

가졌고 후에 다른 이에게도 기념품으로 주었다는 글이 있다.

우치다 햣켄은 '선생님의 퇴고 흔적을 그대로 더듬어 갈 수 있는 파지는 무엇과도 바꿀 수 없는 귀중한 것이다.'라는 글을 『나의 소세카와 류노스케』 책에 썼다.

귀중하다고 가치를 매기는 것들에 대한 생각은 시대마다 다르겠다. 보이지 않아도 빛나는 존재감은 무엇일까. 시공간을 뛰어넘어 천하를 얻기도 하고 영원히 사랑받는 인간의 삶은 진실된 마음으로 헌신하는 것이라 여긴다.

20년 계약이 끝난 아버지 무덤을 옮길 때였다. 아버지는 이제 흙으로 변해 아무것도 없겠구나 생각하며 비석이 꽂힌 천주교 묘지 주변을 서성였다.

산 중턱인데도 물이 차있어 안타깝게 바라보는데 관을 헤치자 해골보다 먼저 눈이 띄는 게 아버지의 다리였다. 까맣게 잊고 있던 다리, 용케도 함께 했구나. 아버지가 흙으로 소멸해갈 때까지 모든 것을 지켜준 다리 …마지막 무언가를 찾아낸 기쁨에 나는 삽으로 파헤치는 아저씨에게 다급하게 소리쳤다.

"아버지 다리인데 저 주세요."

말이 끝나자마자 어이없었는지 아저씨와 주변 사람들이 동시에 꾸짖음 같은 말을 던졌다.

"유골 추리는데 가져가는 게 아닙니다."

왕의 무덤들은 진즉 도굴당한 세상, 번호가 적힌 목걸이나 철모 등 아주 작은 DNA라도 찾기 위해 애를 쓰는, 전쟁 중 사망한 국군 유해 발굴단도 활동 중인데 안 될 게 뭐 있는가. 이럴 줄 알았으면 아버지가 쓰던 밥그릇이라도 넣어두어야 했다.

그동안 아무것도 남기지 않고 버렸다는 사실이 마음에 걸렸던 끝이라 이번에는 뭐라도 챙겨야 한다는 강박증을 보였다. 왜 앉음책상도 버렸고 수저도 노트도 농사 책도 다 사라졌을까, 사진 몇 장과 내게 맡겼던 원고와 친필 쪽지와 안경만 남아있다. 가져가도 딱히 둘 곳도 없고 무덤에서 나온 것을 집에 두는 사람은 없다는 데 의견이 모아져 내 뜻은 거절당했다. 아버지 다리와 비석은 화장장으로 갈 수 없어 다시 흙속으로 안치되는데 '현충원 있잖아요.' 비명을 내질렀다. 느닷없는 절박함이었다. '아버지 내가 성공해서 편히 모실게' 이런 거짓 약속도 앞으로는 남발할 수 없다는 생각 때문이었다.

어릴 때는 아버지의 한쪽 다리를 특별하게 생각했다. 용감한 전쟁 용사들은 모두 몸의 일부분을 잃고 난 후 훈장처럼 의안 의수 의족 등 인공 사지를 달고 살았다.

아버지 다리를 들어 옮기거나 갖다 주는 일은 맏이인 내가 맡았다.

아버지가 허리에 띠를 둘러 입었던 의족을 풀면 무거우면서 내 키보다 크고 발까지 갖춘 다리를 벽 한쪽에 세웠다. 아버지의 잘려나간 한쪽

다리는 꿰맨 흔적이 역력한 허벅지 중간까지였다.

이른 아침이면 다시 허벅지 상단까지 만들어진 의족을 맞춰 끼워야 하니 다리를 챙겨드렸다. 날마다 의족 앞에서 살아갈 의지를 일으켜 세우는 아버지를 지켜보며 우리들은 또래보다 더 일찍 철이 들었다. 부분 마취상태로 다리를 톱질하는 수술 과정을 통째로 들었던 아버지는 한동안 다리가 움직이는 듯한 환상과 진짜 통증으로 소리를 지르기도 했다.

돌아가실 때까지 진통제와 박카스와 의족은 삼위일체로 아버지를 지켰다.

마이크로 컴퓨터가 탑재된 무릎 장치가 개발된 시대도 아니니 자전거를 타도 한쪽으로만 페달을 밟았다. 아이들은 자전거를 타고 싶어도 태워달라고 하지 못했다.

발 장치도 없던 때 발목관절이 뻣뻣해 무릎 아래 삐침 걸음으로 절뚝거리며 아버지는 늘 농토를 지키고 땅에서 일생을 보냈다.

그 땅들이 도시 개발 정책으로 반토막이 나자 어머니가 어느 날 아버지 다리를 세워 들었다. 시청사를 향해 한 시간 거리를 걸어 묵직한 다리를 시장 앞에 던지며 1인 시위를 벌이기도 했다.

인생은 용기의 양에 따라 줄어들거나 늘어난다는데 아버지 의지義肢는 어머니에게 용기 있게 살아가도록 의지를 심어 준 게 분명했다.

자식에게 진짜 부끄러움이 무엇인지 깨닫게 만든 다리.

사춘기가 되고 아버지가 겪는 불편함이 고스란히 내게 전해졌지만 어릴 때처럼 자식들의 사소한 것들로 위로를 드릴 수 없다는 사실을 깨달았다. 수시로 통증을 겪을 때마다 진통제 한 알도 안 되는 내 존재가 하잘 것 없다는 생각으로 무기력해진 것이다.

어느 때부턴가 아버지의 고통을 모르는 척 공부를 핑계로 숨기 시작했다.

가혹하지만 살아가도록 마음의 意志를 만들어준 몸의 의지義肢….

생각한다.

다리는 가족을 떠나 더 깊숙한 땅속에서 고독한 시간으로 켜를 쌓다가 수백 년쯤 지나 누군가에게 발굴되기를 기다릴까. 전쟁 용사의 다리였다고 기뻐하는 이가 있을 수도….

이 새벽 나를 글 쓰는 이로 일으켜 세운 아버지의 원고 앞에서 '다행이야'를 되뇐다.

권남희 | 『월간문학』 수필 당선(1987년). 수상 : 한국수필문학상, 한국문협 작가상, 구름카페문학상, 올해의에세이스트상 등. 저서 : 수필집 『그대 삶의 붉은 포도밭』 『육감 하이테크』 『목마른 도시』 『이제 유명해지지 않기로 했다』 『민흘림 기둥을 세우다』 외 14권. 사)한국수필가협회 편집주간 13년 근무, 現 사)한국문인협회 수필분과회장, 한국예술인 복지재단 이사, 한국여성문학인회 이사, 국제PEN 한국본부 회원, 미래수필문학회 고문. 강의 롯데문화센터 강남점, 소후 수필연구반, 현대백화점 신촌점 외. E-mail : stepany1218@hanmail.net

존재와 시간에 대한 명상

최문석

한 송이 국화꽃을 피우기 위하여 봄부터 소쩍새는 그렇게 울었나 보다. 많은 한국인들이 감동하는 시, 서정주 선생의 「국화 옆에서」이다. 곱게 핀 꽃 한 송이가 존재하기 위해서는 봄 여름 가을의 긴 시간이 필요하다는 사실을 소쩍새의 울음으로 넌지시 알려주기 때문일 것이다. 사람의 존재도 마찬가지다. 먹구름 속에서 천둥이 일고도 아이는 어머니의 뱃속에서 열 달을 넘기고서야 울음소리를 낸다. 존재와 시간은 불가분의 관계임이 틀림없다.

시간에 시작이 있다고 믿는 사람들은 태초에 전능하신 창조주님께서 세상의 모든 존재들을 만들었다고 생각하였다. 시작을 믿으니 종말을 생각하지 않을 수 없다. 불안하다. 더욱이 심판의 불안까지 겹치니 휴거 사건까지 일으켜 세상을 시끄럽게 한 일도 있다. 이때 시간의 모습은 직선이다.

모든 존재가 태초에 창조되었다고 믿고 싶지 않은 사람들은 처음에 지

(땅) 수(물) 화(불) 풍(바람)의 성분을 갖는 기본이 되는 실체들이 있어서 오랜 세월 속에서 이들 실체들이 합해져서 모든 존재들이 생겨났다는 적취설을 믿는다. 오늘날 과학자들이 빅뱅을 통해서 생겨난 원소나 소립자들이 많은 존재들을 만들어내고 있다고 생각하는 것도 같은 생각일 것이다. 처음을 모르니 끝을 알 수가 없다. 이때 시간의 모습은 원형이다. 생명은 윤회를 계속하여 연결된다.

나는 어릴 때 할머니 뒤를 따라서 교회를 다녔다. 세상에 대한 호기심이 가장 많을 나이에 나의 질문에 가장 많은 답변을 하여준 할머니를 통해서 세상의 모든 존재들은 하느님이 창조하셨다는 사실을 굳게 믿었다. 그러나 학교를 다니고 학년이 올라갈수록 세상의 존재들이 원자나 소립자들의 모임으로 자연스럽게 만들어져 있다는 사실을 배우게 되었지만, 그 과정에서 하느님의 창조설과 어떤 충돌도 없이 자연스럽게 함께했다는 사실이 신기하기도 하다. 할머니의 지극한 사랑의 영향일 것이다.

창조설이나 적취설에 상관없이 완전히 다른 방법으로 존재들을 설명한 것이 석가모니 붓다의 연기설이다. 붓다 이전의 생각들은 객관적 존재의 본질이 되는 실체를 객관 세계 속에서 찾는다. 그러나 연기설은 주관적인 마음을 일차적인 것으로 본다. 따라서 자연 대상은 인식된 대상일 뿐이다. 일체는 유심조, 모든 존재는 우리가 생각하는 끝없이 펼쳐진 공간과 영원히 흐르는 시간 속에 존재하는 세계가 아닌, 생각하며 살아가는 인간의 한 길 몸속에 있는 세계 속에서 만들어진 것이다. 붓다의 연기설을 흔히 "이것이 있으므로 저것이 있고 이것이 생기므로 저것이 생겨난다."는 말로 표현하기도 한다. 여기서 이것과 저것을 세간으로 무한이 확대해보면 결국 세계는 하나가 된다. 그 하나의 세계 속에서 존재들은 생겨나고 살아진다. 이때 그들은 상호 의존적으로 존재함으로 자성이 없다. 그리고 그들은 끊임없이 변화한다. 결국 붓다가 말한 세상의 존재들은 한마디로 무상이요 무아다. 상호 의존해 있는 존재가 극히 짧은 시간 간격으로 변할 때 그 모습은 공空이다. 흔히 말하는 색즉시공이요 공즉시색이다. 세상의 모든 것은 공이거나 환이니 오직 존재하는 것은 마음속에 인식된 존재일 뿐이다. 이때 시간의 모습은 점이다.

언젠가 성철 스님이 종정으로 취임하시면서 '산은 산이요 물은 물이다' 하는 법어를 내려서 세상 사람들을 어리둥절하게 한 일이 있다. 분명 누군가는 산이 산이 아니라고 말한 사람이 있었기에 그런 법어가 나왔을 것이다. 우리는 어제의 산이 오늘도 그대로 있다고 생각한다. 그러나 어제의 산은 밤새 풀이나 나무가 얼마나 자랐을 것이며 흙이나 바위는 얼마나 떨어져 나갔을 것인가. 결코 지금 보는 산은 어제의 산은 아니다. 우리가 어제 본 산이라고 믿고 있는 것은 우리 마음속에 있는 산이다. 물도 마찬가지다. 물이 흘러 모이는 강물은 언제나 그곳에 흐르고 있지만, 그곳에 흐르는 오늘의 물은 어제의 물이 아니다. 때로는 증발하여 구름도 되고 비가 되어 내리기도 했을 것이다. 마치 우리가 십 년이나 이십 년 전의 사진을 볼 때와 마찬가지다. 얼굴도 변하고 몸무게나 키도 다르지만, 그 사진의 모습을 나라고 믿는다. 그러나 그때의 나는 오직 나의 마음속에 존재할 뿐이다. 성철스님은 중생들이 모든 존재가 공이라 생각할 때 허무에 빠지지 않을까 염려하여 눈앞의 산은 공성이지만 없는 것이 아니고 있는 것임을 강조하고자 하셨을 것이다.

연기된 세계는 우리의 마음속에 펼쳐진 세계다. 연기적 삶이 구체적으로 실현되는 세계가 무위의 세계다. 집착하지 말고 자연스럽게 살아가기를 말하기도 한다. 집착하지는 않지만 열정을 다해서 원을 성취하며 살아가는 사람들이 있다. 그러나 대부분의 중생들은 이러한 실상을 알지 못하고 무지와 욕탐欲貪으로 유위有爲의 세계를 구성한다. 모든 것이 존재로 인식되고 인간은 세계 속의 한 존재로 태어나서 죽는 존재로 인식된다. 유위의 세계 속에 욕탐으로 전개되는 인간 삶의 모습을 흔히 십이연기로 표현한다. 삼세에 걸쳐 인因과 과果가 겹치면서 전개되는 열두 단계의 과정이다. 나서부터 죽을 때까지의 시간이 '유'가 되며 이때 시간의 모습은 선분이 된다.

세상의 존재들이 처음부터 있었든지 만들어졌든지 상관없는 일이지만 인간만이 유일하게 그 존재 이유를 묻는다. '나는 누구인지?' '왜 사는지?' 인간 스스로 자신의 존재 의미를 묻는 특별하고 의미 있는 태도를 실존이라 불렀다. 어쩌면 이 실존의 모습이 더 의미 있는 논의가 될는지도 모른다. 서정주 선생의 시는 "먼 먼 젊음의 뒤안길에서/ 이제는 돌아와 거울 앞에 선/ 내 누님 같은 꽃이여"로 계속된다. 한 송이 아름다운 꽃의 존재는 시간을 따라 업을 짓고 누님이 되어 거울 속에 나타난 것이다.

최문석 |『월간 문학』 수필 등단(1987년). 저서 : 수필집『에세이 첨단과학』『살아있는 오늘과 풀꽃의 미소』, 시론『崔文錫의 時論(2001)』. 한국문인협회 회원, 대표에세이문학회 회장 역임, 경남문학회 회장, 사)남명학연구원. 학교법인 삼현학원 이사장.

까치밥 2

고재동

참새 몇 마리 난다.

기웃기웃 우리 부부의 침실을 훔쳤다가 기침 소리에 꽁무니를 빼 소나무로 갔다가 호두나무 꼭대기에 살포시 오른다. 한참 내려다보며 주위를 살피던 그들은 억이 머리 위 자두나무를 표적 삼는다. 혹시나 억이라도 동무해 줄까 기대했나 보다. 무엇에 심술이 났는지 쳐다보며 멍멍멍, 참새들을 내쫓고 만다. 평상시 같았으면 조곤조곤 참새의 말을 받아 적고 세상 이치를 풀어줬을 텐데. 탁구장에 가기 위해 함께 집 나서는 우리 부부를 향한 원망의 화살이 참새에게로 뻗친 듯하다.

강아지를 피해 날아간 참새들은 죽단화에 앉아 뭣인가 쫀다. 빨리 꽃눈 뜨라고 속삭이는 듯. 찔끔 아래로 배설물도 남긴다. 노오란 꽃잎에 정열을 입히고 싶은가 보다.

솔뫼 동산에도 봄이 왔다. 재잘재잘 아이들이 뛰논다. 어린 참새 노는 동산에 늙은 까마귀 한 마리 섞여 논다. 공자 왈 맹자 왈 칠판을 꿰뚫는다.

시간대로 봐서 좀처럼 울릴 리 없는 다섯째로부터 전화가 진동한다. 가슴이 덜컥했다. '참새들과 수업 중~ 잠시 뒤에 전화할게.' 메모를 남겼다.

예상은 적중했다. 어머니 상태가 나빠졌단다. 기력이 쇠잔하고 엉뚱한 소리에 식사를 거의 하지 않는다는 것. 주간 보호 센터에서도 거절당하고 당장 병원에 입원해야 할 것 같다고 했다.

장에 가시면 선친은 1박 2일이 다반사였다. 벼 한 가마니 짊어지고 오일장에 가셨다 하면 다음 날, 그것도 새벽녘에 초롱불 켜고 어머니와 주막집까지 마중 가서 모셔와야 했다. 내일 학교 기성회비 낼 돈은 주막에 두고 오셨으니….

어머니의 폭풍 바가지 긁는 소리가 울을 넘었다. 선친께선 큰 소리를 큰북 소리처럼 내셨고 어머니는 꽹과리 소리로 화답했다.

그 모습이 죽을 만큼 싫어 누님과 나는, 우리는 결혼하면 절대 부부싸움 말자고 다짐했지만 신혼 초엔 그러질 못했다. 지금은 옛 얘기 하고 살지만 돌아보면 위기의 한때, 긴장했던 시절이 분명 있었다.

그때 그렇게 당당했던 어머니께서 마흔일곱에 지아비를 떠나보내고 8남매 키우느라 갖은 고생 다 했다. 왜 회한이 없었겠는가? 여든일곱. 100세 시대가 도래했으니 많은 나이도 아니다. 꽤 많은 시간이 존재한다고 볼 수도 있겠지만. 우여곡절 끝에 노인 (치매) 전문 병원에 입원하셨다.

"아버지가 이 나이 되어서야 이해를 하게 되네요. 선친께서도 A군에서 택시 운전을 하셨는데 돈을 많이 벌어오셨어요. 요즘은 매우 힘드시죠?"

사촌 누님을 만나고 도청으로 돌아간다는 그가 느닷없이 말문을 열었다. 15, 20분의 무료함을 때우기 위해서였을까?

"그땐 좋았지요. 요즘은 아시다시피 힘들어요. 그러고 보니 택시 운전으로 호의호식하던 시절도 있었네요."

"그때만 해도 우리 집에만 표준전과와 동아전과가 있었어요. 용돈도 풍족하여 자주 붕어빵을 사 먹곤 했지요."

"맞아요. 전과 있는 친구가 부러웠어요."

50대 초반으로 보이는 그는 잠시 뜸을 들였다가 말을 이었다.

"용돈을 풍족하게 주는 아버지는 좋았는데 폭력적이어서 싫었어요. 새벽 한두 시에 일 마치고 들어오셔서 밥상이 차려져 있지 않으면 벼락이 떨어졌어요. 따뜻한 밥으로 밥상을 차려놓고 어머니께서 바깥으로 마중을 나와야 직성이 풀리는 아버지셨어요. 나는 무서워서 이불을 덮어쓰고 울고 있었지요."

"……."

"그런 아버지가 그렇게 미울 수가 없었어요. 저는 폭력적인 아버지를 보면서 맹세했어요. 좋은 남편이, 좋은 아버지가 되겠다고요. …그래도 아버지는 자식들을 키워서 출가까지 다 시키고 10년 전에 돌아가셨어요."

"저희 선친께서도 장에 갔다 오시면 부부싸움을 하곤 했지요."

"가족과 떨어져 있다가 보니까 요즘 부쩍 생각이 많아져요. 남편으로

서, 부모로서 소임을 다 하고 있나 싶네요. 아버지 나이가 되고 보니 저 자신을 돌아보게 됩니다. 아버지처럼 가장으로서 가족에게 큰 울타리가 되어주지 못하는 것 같아요."

"그렇지 않아요. 그런 마음을 갖는다는 자체가 벌써 아버지를 따라가고 있다는 징표일 겁니다."

도에 전보되어 공무원 아파트에 혼자 기거하고 있다는 그는 지난 주말에 고향을 다녀왔다고 했다. 혼자 고향에 살고 계시는 어머니를 뵙고 아버지 산소에도 다녀왔단다. B 시에 사는 가족도 만나고 온 그 손님은 진정 이 시대의 큰 나무가 되어 가고 있었다. 그러나 그는 정작 목적지에 도착하기 전까지 줄곧 자신이 못났다고 자세를 낮췄다.

노란 꽃그늘에 가려
붉은 연지가
촌스러운 그녀
꽃그늘이 노래서 더 싫은

한적한 도로 가로수를
부모로 둔 죄밖에 없는
산수유 열매는
남성의 눈길조차 머물지 못해
긴 겨울보다 아린 봄날
노란 꽃이 원망스런 3월

나무에 목매달고

빛바래고 말라비틀어져
처녀 귀신이 될지언정
노란 꽃에 굴복하기는 싫다
　　　－「꽃그늘이 노래서 섧은 산수유」

　산수유나무를 벴다. 산수유꽃이 폈다, 로 잘못 읽지 않기를 바란다. 왜 하필 이 시기에 나무를 베지 않으면 안 되었을까?

　뒤꼍 본체에서 70여 cm밖에 떨어지지 않은 곳에 보금자리를 틀었기 때문이다. 어린 나무일 때야 집을 멀리 떠나기 싫었겠지만, 다 큰 어른 나무는 집에 기대어 살기 어렵다. 키가 지붕을 내려다보고, 덩치가 집 반을 가린다면 문제가 될 수밖에 없다. 창문까지 가리는 바람에 아내로부터 밉상을 샀다. 울창한 나무는 모기 서식지가 되었고, 아내는 산수유 한 알 맛에 길들지 못했으니까. 재작년부터 베 버리라고 성화였다. 꽃으로 유혹해 오기 전에 새 톱을 구매, 그를 벴다. 10년 앞을 못 내다본 내 손이 심고 내 손이 제거했다.

　감나무 가지도 쳤다. 필요치 않은 가지가 전정가위에 무참히 잘려 나갔다. 늦가을, 까치가 와서 편안하게 앉아 까치밥을 먹을 수 있는 시간을 다듬었다.

　까치는 그가 앉아 쉴 나뭇가지를 먼저 다듬지 않는다. 단, 시간을 추스를 따름이다.

　어머니와는 열아홉 살 나이 차이가 난다. 19년이란 시간을 나는 다듬고 있다. 거추장스러운 가지는 치고 올곧은 가지만 남긴다. 그러나 내가 다듬은 가지가 누구에게도 올곧다고 말할 수 있을까 적이 의심스럽다.

까치밥 감은 거룩하게 까치에게 온몸을 바치고 장렬하게 산화한다.

고재동 │『월간문학』 신인상 등단(1988년). 수상 : 제39회 한국수필문학상, 제3회 문학과비평 문학상. 저서 : 시집『바람난 매화』외, 수필집『낮달에 들킨 마음』외 다수. 한국문인협회 안동지부 회장 역임, 현재 국제PEN한국본부 경북위원회 회장.

내 존재의 의미

이은영

딸과 함께 어머니를 휠체어에 태우고 돌아본 고창 선운사 꽃무릇…. 추석 무렵이면 피어난다. 의지할 잎새 없는 상사화꽃. 열정은 눈부시지만 위태롭고 처연하다.

풍천장어 좋아하시던 아버지 생각나서 그곳에 갔는데, 역시나 뱀 같아서 징그러워 못 드신다고 어머니는 멀건 된장찌개에 밥 한술 뜨시려다 수저를 내리셨다. 바보처럼 우리 입맛만을 기억하고 어머니의 즐거운 한 끼 식사를 사라지게 하여 죄스러운 나를 스스로 반성해 본다.

산사의 상사화 꽃. 의지할 잎새 없이 목을 길게 늘인 그리움은 어버지 없는 엄마의 모습이다. 피의 강. 눈물처럼 번지고 또 번져서 빨간 물결만이 소리없이 일렁인다.

추석 무렵이면 자동차로 달려가서 붉은 꽃무릇을 구경하고 오곤 했던 그리운 추억의 강물…. 엄마 없는 지금엔 무의미하다. 내년에도 그 다음 해에도 한 해라도 더 오래 살고 싶었던 건 엄마와 함께 바라보던 꽃들 때문이다. 아니, 꽃들이 아니고 엄마의 작고 큰 함성 미소 가득한 얼굴 때문이었다. 하나님의 창조물인 꽃이 존재하는 한 엄마도 늘 우리 곁에 존재하시는 줄 알았다.

엄마와 함께 천국으로 떠난 숙이의 모습처럼 서글픈 빈 자리를 남기고 화장火葬되어 답답한 추모공원 작은 도자기 속 한 줌의 재로 남아있다. 우리가 존재한다는 것은 아버지처럼 가족 묘지에 묻혀있는 것도 아니고 동생 숙이와 함께 그처럼 한줌의 재로 도자기 안에 남아있는 엄마의 모습도 아니다.

살아 있어야 한다. 몸도 마음도 살아있어야 한다. 살아 있는 한 누군가에게 도움이 되고 위로가 되어야 한다. 물론 나도 환자라서 모든 게, 면역력이 부족해 걱정이긴 하지만 엄마가 눈감으시기 전까지 제일 가슴 아파하고 손 놓을 수 없었던 것은 피붙이인 자식들의 고통이다.

그들의 삶의 고비가 많았기에 절절히 가슴 아팠던 우리 엄마! 엄마만큼은 아니라도 안쓰러운 동생들에게 언니로서 사랑과 위로를 베풀어야 한다.

생각해 보니 내 주위의 사랑하는 사람들에게 나는 갚을 수 없는 사랑의 빚을 많이 지고 있었다. 나만 혼자 행복한 것 같아 죄스럽기도 했었다. 이제 정신을 차리고 욕심에서 벗어나야만 한다. 남에게 봉사하는 사람들도 있는데 내 가족들을 챙겨야지….

마음의 각오를 해보니 강해져야겠다. 내 존재는 이씨 집안의 큰딸(장녀)이다. 언니만 한 아우 없다지만 나는 동생들보다 부족한 나였다. 내 딸에게도 도움이 되어야 한다. 짐만 되어서는 안 된다. 내 주위의 나를 사랑하는 자들에게도 살아 있는 한 힘이 되고 싶다.

그것이 내 소망이며 살아있는 존재의 의미이다.

이은영 | 『월간문학』 수필 등단(1990년). 수상 : 서울찬가 최우수상(500만 원 고료), 2001 동포문학상, 2013 계간 『문파』 시 부문 신인상, 김소월문학상 본상. 저서 : 수필집 『이제 떠나기엔 늦었다』. 대표에세이 문학회 회장 역임.

반월半月

안윤자

　　달빛이 고고히 어리는 섬 반월도. 섬 모양이 반달을 닮았다 하여 붙여진 전남 신안군의 외진 바닷가. 거기 보라색 파도가 일렁이는 반월도에는 한 노모老母가 살고 있었다.

　　이 땅 누군가의 어머니로 불리었을 할머니! 이제 와 과거형을 쓰는 까닭은 지금도 그 어머니가 그 섬에 아직 살고 계시는지를 알 수 없기 때문이다.

　　리모컨을 돌리다 우연히 시선이 멈춘 TV 속 정경이었다. 꽤 오래전 무심코 빨려 들어갔던 영상이어서 이야기 줄거리가 세세히 잡히지는 않는다. 다만 섬 전체가 보라보라한 환영처럼 아련했었다는 것. 그 퍼플섬Purple Island의 풍광이 이국적인 감성을 품고 있었다는 점이다.

　　어머 저기가 우리나라? 하는 호기심에 빨려 들어갔을 만큼 신선했다. 아다지오처럼 낮고 느릿한 템포로 투사된 섬의 전경이 다감하여 내 마음속 풍금 소리 같은 울림을 주었다.

전형적인 사빈沙濱 해안의 특성으로 널따란 간척지가 조성된 온화한 기후의 반월도. 그곳에는 아흔일곱 살 잡수신 한 노인이 살고 있었다. 그 할머니에게는 팔 남매나 되는 자식들이 있었고, 하건만 어촌의 말끔한 옛집 지붕 밑에는 오직 늙은 어머니가 홀로 계셨다.

처녀처럼 수줍게 보라색 니트를 차려입으신 단아한 모습의 할머니. 나의 시선이 머문 이 한 장의 컷은 온통 주름으로 쪼글쪼글해진 늙은 어머니가 반야심경을 열심히 외우고 있는 장면이었다. 여기저기서 흩어져 살아갈 당신 품 밖의 자식들을 생각하며 밤낮없이 염주 알이 닳도록 굴리는 모정.

육신은 사그라들어 굽은 등에 주름진 노모의 얼굴과 손등은 절로 영고성쇠를 떠오르게 했다. 그런 어머니가 어디선가 이제는 같이 늙어가고 있을 당신 자식들의 이름을 하나하나씩 부르며 빌고 있는 반야심경.

그 간절한 염력은 어두운 밤하늘에서 지상에 빛을 뿌려주는 반달의 행로만큼이나 숙연했다. 구슬프기까지 한 모성이 이 지상에서 마지막으로 완성해가는 한 장의 이콘처럼 성스러움을 느끼게 했다.

보랏빛 환상에 떠 있는 반월도. 옹기종기 붙어 있는 마을의 지붕들도 보라색, 섬 주민이 하나같이 입고 다니는 점퍼도 양말도 우산도 심지어는 찻집 테이블과 의자까지 보랏빛이었다.

반월도로 건너가는 바다 위의 퍼플교도, 그 다리를 지나서 만나는 매표소도 보라색 칠이 되어있다. 좁다란 섬 길을 도는 셔틀버스도 보랏빛이다.

서해의 저녁노을이 장엄하게 번지는 반월도 해안이 붉게, 또 보라색 음영으로 물들어갔다. 퍼플섬 반월도는 퍼플 푸드 콜라비로 덮여 있었다. 그 섬의 상징이 일곱 무지개색의 마지막 빛깔인 보랏빛 컨셉이다.

한여름의 퍼플섬에는 여행자를 유혹하는 옅은 보라 향의 버들마편초 바람이 불어온다고 한다.

아이들 교복처럼 동색의 통일감이 주는 안정과 평화로움, 잘난 얼굴도, 모난 심성도 가려주는 투쟁심이 배제된 보라의 파동. 그것은 그지없이 평이한 단색을 신비한 이미지로 환치시킨 반월섬의 요술이었다.

그날 밤 나는 밤이 깊도록 전깃불을 켜놓고 잠이 들었다. 밤새 불을 밝히는 전례는 가슴속에 감동이 물결치는 날이면 절로 행해지는 케케묵은 나만의 의식이며 가락이었다. 깨어나니 새벽녘.

천지가 보랏빛 일색으로 너울대는 꿈속에서 나는 옛 고향의 집에 가 있었고 수돗가에는 젊은 날의 어머니가 앉아계셨다. 얼굴도 희미하고 목소리도 들리지 않았지만 분명 엄마가 그 옛집에 오신 꿈을 꾸었다.

꿈속에서도 먹먹했던 아이는 보라색 운동화를 신고 있었고, 대청마루에는 눈에 익은 반닫이와 2단짜리 붉은 칠을 한 홍장이 놓여있었다.

원형을 향해 둥글어져 가는 반달의 이미지는 채움의 미학이다. 더하여 비움의 철학이며 공空이 되는 여백이다. 무엇을 채우고 무엇을 비워야 하는가? 더 채울 수도, 더 비워낼 수도 있는 여백의 여운. 그것이 반월이 상징하는 신비가 아닌가. 저마다의 인생 행로가 아닐까 한다.

반월도의 늙으신 그 어머니는 아마 지금쯤 섬에 아니 계실지도 모르겠다. 하여도 날마다 자식들을 위해 바친 섬 집 어머니의 낭랑한 반야심경 독경은 보랏빛 염력으로 흐르고 고여 언제까지고 그 섬을 비추는 반월半月로 떠 있을 것이다.

자식이라는 이름표가 붙여진 세상의 모든 아이를 가호해주는 우주의 선한 에너지로 출렁일 것이다.

이제쯤은 내 어깨의 짐들도 내려놓아야 한다. 긴 세월 무의식 속 자아를 지배한 집착이라는 허울을 걷어내고 싶다. 남은 생의 강물을 사뿐히 건너가기 위해서라도.

내 곁 스쳐 가는 사람들에게 보일 듯 말 듯한 엷은 보랏빛의 인사를 건네며 남은 여정을 지루해하지 않는 것. 반월의 행로처럼 맑은 여백을 꿈꾸면서.

안윤자 | 시인, 수필가. 『월간문학』 수필부문 신인상 등단(1991년). 계간 『문파』 시부문 신인상 등단(2021년). 저서 : 수필집 『벨라뎃다의 노래』 『연인 사중주』, 역사장편 『구름재의 집』, 논문 『윤동주 시 연구』 외. 집필 : 『서울의료원 30년사』 『경동제약 30년사』. 前 서울의료원 의학도서 실장. 한국문인협회, 국제PEN한국본부, 여성문학인회, 대표에세이문학회 회원. 가천대학교 일반대학원 국어국문학과 졸업(문학석사). E-mail : nagune5@hanmail.net

수필의 존재와 시간
- 열하일기

김사연

    2008년,『수필시대』를 통해 평론가로 등단한 엄현옥 작가로부터『엄현옥의 영화 읽기』에 이은 두 번째 평론집『통찰과 사유의 시선』을 받았다. 1996년,『수필과 비평』으로 등단한 수필가 엄 작가는 이미 여덟 권의 수필집을 상재했으며 인천문학상을 비롯해 각종 문학상을 받은 바 있다.

    평론집은 비평적이어서 딱딱하다는 선입견이 들지만, 경우에 따라선 독자가 미처 헤아리지 못한 작가의 깊은 뜻을 혜안으로 파헤쳐 줘 쉽게 깨닫게 하기도 한다. 평론집 내용 중「기행수필로서의『열하일기』들여다보기」가 바로 그 경우이다.

    엄 작가는, "기행수필의 시작은 멀리 신라시대 혜초의『왕오천축국전』(734)에 두고 있다."라고 했다.『열하일기熱河日記』는 1780년, 연암 박지원이 중국 연행단과 동행하는 과정에서 남긴 기행수필로 총 26책의 분량이 필사본으로 전해오다가 1900년 이후 여러 학자에 의해 번

역되었다. 엄 작가는 『열하일기』 중 「일신수필」에 담긴 연암의 세상 보기에 대해 평했다.

연암은 8촌 형 덕분에 청나라 건륭제의 칠순연 축하 사절단에 비공식 수행원으로 합류해 일행보다 언행과 시선이 자유로웠다. 연암은 말안장 왼쪽 주머니엔 벼루, 오른쪽엔 거울, 붓 한 자루, 먹 한 개, 작은 공책 네 권, 정기록 한 축을 담은 후 말고삐를 잡고 안장 위에 앉아 졸면서 여러 십만 마디의 말을 엮어, 가슴속에조차 글자 없는 글과 공중에 소리 없는 말로 하루에 몇 권의 책을 지었다고 서술했다.

『열하일기』 제3권에 실린 「일신수필馹迅隨筆」은 광령에서 산해관까지 9일간의 여정을 소재로 하고 있다. 이때 우리 문학 사상 '수필'이라는 단어가 처음 등장했고, 이를 기리기 위해 「일신수필」이 쓰인 7월 15일을 '수필의 날'로 제정했다고 엄 작가는 친절하게 설명했다. 또한 '일신'은 역말 일馹과 빠를 신迅을 뜻하며 말 위에 앉아 스치듯 지나친 상념들을 붓 가는 대로 쓴 것으로 풀이해도 무방하다고 부연했다. 해서 엄현옥 작가의 평론집은 지루한 줄 모른 채 책장을 넘겼다.

연암은 그동안 청나라를 다녀온 사신 일행이 오랑캐의 나라라는 빗나간 자존심에만 사로잡혀 중국의 문명을 배워오지 않은 무심한 행적을 직무 유기라고 성토했다. 정말 오랑캐를 물리치려면 중화의 전해오는 법을 모조리 배워서, 먼저 우리나라의 유치한 습속부터 바꿔야 한다고 했다. 깨진 기와 조각으로 담과 뜰을 아름답게 꾸미고, 버려진 분변마저 수거해 활용하는 청나라의 실용 정신을 배워야 한다고 일갈했다.

연암은 청의 성곽, 건물, 운송수단 등을 세심하게 살폈다. 조선 백성의 살림살이가 가난한 것은 길이 좁아 수레가 다니지 못하기 때문이고 이것은 양반들의 잘못이라고 했다. 청나라에서 본, 오늘날의 소방차에 해당하는 '수총차'에 대해서도 세부 모양과 작동법을 구체적으로 기록했다.

연암은 「일신수필」의 '장대기'에서 "만리장성을 보지 않고서는 중국의 큼을 모를 것이오, 산해관을 보지 않고는 중국의 제도를 알지 못할 것이요, 관 밖의 장대를 보지 않고는 장수의 위엄을 알기 어려울 것이다."라고 했다. 엄청나게 높은 장대에 오른 연암은 여기에서 삶의 지혜와 인생의 철학을 기술했다. 양반이었음에도 벼슬길에 나가기를 거부한 채 벗들과 실용적인 학문 논하기를 즐긴 연암만의 총명한 혜안이다.

"올라갈 때 앞만 보고 층계 하나하나를 밟고 오르기 때문에 위험하다는 걸 몰랐는데, 내려오려고 눈을 들어 아래를 굽어보니 현기증이 절로 일어난다. 그 허물은 다름 아닌 눈에 있는 것이다. 벼슬살이도 이와 같아서 바야흐로 위로 올라갈 땐 한 계단이라도 남에게 뒤질세라 더러는 남의 등을 떠밀며 다투기도 한다. 그러다가 마침내 높은 자리에 이르면 그제야 두려운 마음이 생긴다. 하지만 그땐 외롭고 위태로워서 한 발짝도 앞으로 나아갈 수 없고, 뒤로 물러서자니 천 길 낭떠러지라 더위잡고 내려오려고 해도 잘 되지 않는 법이다. 이는 오랜 세월 두루 미치는 이치다."

1천 2백 리에 걸쳐 봉우리 하나 없는, 지평선 아득한 요동벌판 앞에

선 연암은 「도강록」에서 "내 오늘에 처음으로 인생이란 본시 아무런 의탁 없이 다만 하늘을 이고 땅을 밟은 채 떠돌아다니는 존재임을 알았다."라며 한번 울 만한 좋은 울음 터라고 감탄했다.

　1839년대 초에 중국을 다녀온 바 있는 김경선은 "『열하일기』는 단순한 여행 기록이 아니라 여행 도상에서 마주친 수많은 인간을 생생하게 형상화한 일종의 열전"이라고 했다. 현대의 엄현옥 작가는, 『열하일기』는 고정관념에서 벗어나 실질적인 면에서 사실을 파악했으며, 형식과 구습에 얽매이지 않고 사람들의 다양한 숨소리를 생생하게 전했고, 낯익은 이념의 구속에서 벗어나 사물을 새롭게 인식하는 탐구자 역할을 했다고 결말지었다.

김사연 | 1950년 인천 남동구 만수동 출생. 『월간문학』 수필부문 신인상(1991년, 「동전 세 닢」). 수상 : 전국8미리소형영화 콘테스트 우수작품상(1979), 약사공론사 주최 (주)일양약품 후원 약사문예생활수기 당선(1981), 약사문예수필 가작(1991), (주)위드팜 후원 제1회 약국수기 특별상 수상(2013), 동암약의상(약업신문사, 2013), 인천시문화상(문학부문, 2014). 저서 : 수필집 『그거 주세요』 『김 약사의 세상 칼럼』 『상근 약사 회장』 『펜은 칼보다 강하다』 『진실은 순간, 기록은 영원』 『요지경 세상만사』 『백수가 과로사한다』. 前 인천지방검찰청 형사조정위원, 現 인천남동경찰서 경찰발전위원회 자문위원, 現 국민건강보험공단 인천남동지사 자문위원, 인천마약퇴치운동본부 고문. E-mail : sayoun50@hanmail.net

네 번째 삶

정인자

단풍이 저리 고울 수가! 꽃보다도 아름답다. 손으로 움켜쥐면 붉은 물이 뚝뚝 떨어질 것만 같다. 한 잎 두 잎 시나브로 떨어지는 낙엽을 향해 묻는다.

"너도 아팠니? 너희들도 실은 많이 아픈 거니?"

사람은 아파야 죽는다. 이렇게 아플 거면 차라리 죽는 게 낫지 싶을 때 생이 끝난다. 잠자듯이 한순간에 가는 죽음이 얼마나 되던가. 옛 어른들이 '죽을 일이 걱정'이라는 말을 입버릇처럼 곱씹었던 것도 죽음의 고통 때문 아니겠는가. 식물이라고 왜 아픔이 없겠는가. 아름답게 보이는 건 우리들의 착시현상일지 모른다는 생각이 문득 들었던 건 남편의 아픔을 보면서다.

어느 유명 텔런트가 남편이 세상을 떠난 뒤에 했던 말이 떠오른다.

"세상에서 나를 가장 사랑해주었던 사람이 떠났어요!"

남편이 췌장암이란 진단을 받았을 때 나도 부르짖고 싶은 말이 있었다.

"세상에서 나를 가장 아껴주었던 사람이 떠나려고 해요! 살려주세요!"

나의 소리 없는 울부짖음은 방향을 잃고 허공을 맴돌다 다시 내 가슴에 화살처럼 박힌다. 남편의 나이 78세, 만으로는 76세가 채 못 되는 나이다. 어느덧 남편 나이도 신이 거두어 가는 순리의 범주에 든 것일까. 마치 차례를 기다리고 있었던 듯 또래 친지들이 한 사람 두 사람 낙엽처럼 세상을 뜨고 있질 않던가. 그러나 인정하고 싶지 않았다.

어떻게든 살리고 싶었다. 오래전 많이 아팠을 때 물심양면으로 도와 나를 살려주었으니 이번엔 내가 그를 살릴 차례라고 생각했다. 다행히 2기 초에다 암이 꼬리 쪽에 있어 수술할 수 있다고 하질 않은가. 세상엔 새파란 나이에 떠나는 안타까운 죽음도 있건만, 80을 못 채우고 큰 병에 걸렸다는 게 이렇듯 억울한 느낌으로 다가올 줄은 몰랐다. 남편은 지금까지 혈압약 한 알 먹어 본 적 없고 날마다 헬스장에서 몸 관리를 해 온 사람이다. 술도 잘 못 하고 담배 끊은 지는 20년도 넘었다. 비만 체질도 아니고 살아오면서 한 번도 크게 아파본 적도 없다. 시어머님은 93세까지 수를 누리셨고, 시집 식구들 대부분 장수하는 편이라 그 유전자를 물려받았을 거라 믿어 의심치 않았다. 그것도 하필 생존율이 가장 낮다는 췌장암이라니! 소화가 잘 안 된다고 해서 단순 배탈이거니 했었다.

딸아이들이 그 방면에 권위 있는 의사를 재빨리 예약해 주었다. 그런데도 수술이 밀려 한 달을 기다린 끝에 7월 16일 수술을 했다. 딸아이들이 힘든 간호도 도맡다시피 했고 온갖 복잡한 절차를 앞장서서 척

척 해결해주었다. 이래서 자식은 있어야 하는 건가. 코로나 시국이라 면회도 안 되고 보호자가 교대할 때도 꼭 코로나 검사를 해야 하는 불편함이 따랐다.

더 힘든 건 수술 후였다. 남편이 몸무게가 10킬로나 급격히 빠져 체력이 바닥이다. 3개월이 지나야 정상적인 식사가 가능하다는데 한 달도 못 돼 항암치료를 시작해야 한다고 했을 땐 앞이 캄캄했다. 기존 항암제보다 두 배의 효과가 있다는 새 항암제는 3일간 입원해서 받아야 했다. 그 치료는 딱 한 번 받고 못 하겠다고 손사래를 쳤다. 아쉬웠지만, 너무 힘들어 받는 도중 숨 끊어지지 싶었다. 효과가 떨어져도 부작용이 적은 기존 항암제로 돌리면서 온전히 신께 의지하기로 마음을 비웠다.

투병은 환자 자신의 의지가 첫째다. 가족은 그 아픔을 대신해 줄 수도 없고 곁에서 섭생을 도와줄 수 있을 뿐이다. 병원 문턱이 닳도록 여러 과를 다니면서 수시로 받는 검사가 왜 그리 많은지, 고통이 심해 응급실 찾기도 여러 번이었다. 열다섯 번의 항암치료와 한 달간의 방사선 치료를 마쳤을 땐 해가 바뀌어 4월 초였다. 봄이 와 있었다. 남편은 그 힘든 상태에서도 나중엔 혼자 병원 출입을 했고 산책도 게을리하지 않았다.

생자필멸生者必滅 회자정리會者定離, 언젠가는 죽고 헤어진다는 사실을 머리로만 알고 있었고 입으로만 주절주절 읊었던가. 실생활은 전혀 준비된 게 없었다. 꽃나무에 물 주기, 재활용 버리기, 일주일에 한 번씩

집 안 청소하기, 정수기 직원이 기계를 세척하고 가면 일정한 시간에 물 빼주기, 가스레인지 건전지 갈아 끼우기, 전자제품 고장 나면 AS 신청하기, 어려운 일 생기면 방패막이 되어주기, 내 힘으론 꿈쩍도 하지 않는 병뚜껑 열어주기, 컴퓨터나 스마트 폰에 이상이 생겨도 무조건 남편을 불러대기 일쑤다. 남편이 퇴직 후 힘 써주고 있는 일이 의외로 많은 데 놀랐다. 젊은 시절 주말부부로 살 땐 혼자 모든 일을 해결하려고 노력했는데 나는 어느새 남편의 그늘 밑에서 안주하는 생활을 즐기고 있었다. 암묵리에 서로 깨달은 바가 있었을까. 남편이 이제 내게 홀로서기를 가르치려 한다. 나도 짐짓 못 이기는 척 열심히 귀를 쫑긋거리긴 하지만 마음속엔 시린 바람이 분다.

살아온 생을 네 부분으로 나눠 보았다. 첫 번째 삶은 부모 밑에서, 두 번째 삶은 결혼과 함께, 세 번째 삶은 나의 병고 후, 네 번째 삶은 남편이 회복해서 함께 사는 삶이다. 앞으로 남편은 3개월마다 발병 유무를 확인하며 생명 연장을 하게 된다. 아슬아슬한 줄타기 같기도 하고, 이슬 같은 목숨 같기도 하다. 하지만 우리 부부에겐 그 어느 때보다 가장 소중한 시간이 되지 않을까. 아직 이렇다 할 청사진은 없지만, 이승에서의 인연을 눈물겹도록 감사하며 살리라 다짐해본다.

정인자 | 수상 : 대한문학상. 저서 : 수필집『해 돋는 아침이 좋다』『우리들의 사랑법(공저)』. 한국문인협회, 대표에세이문학회, 남도수필회 회원.

존재와 시간
-지렁이의 노래처럼

帝里 윤영남

　　삶은 존재하는 것, 그 자체로 감동이다. 감동은 혼자서도 느
낄 수 있지만, 여럿이 큰 물결처럼 함께 이룰 때, 그 울림도 더 우렁차
다. 어떤 만남도 서로 통하면, 더욱 기쁘다. 소통하려면 말이나 몸짓이
우선이다. 소통이 되고 이해를 한다면 서로 소중한 만남으로 성숙 될
것이다. 사회적인 만남의 어울림을 통해서 감동적인 순간을 이어가려
면 저마다의 인내와 수고가 따라야 한다. 과정이 없는 결실도 없으니.
특히 대인관계는 소중한 존재와 시간 속에서 자기만의 언어로 하는
소통이 얼마나 소중한가.

　어젠 문학 강의 중, 언어학의 맛보기로 많은 토론이 이루어졌다. 갑
자기 내가 말하며 산다는 것이 고마워졌다. 뭉클한 기분으로 턱 주변
을 만져도 보았다. 내 입을 통한 말들이 이 순간에도 듣는 이들에게 얼
마나 소통될까만. 내 말투가 서울 표준어도 아니요, 친절하고 상냥한
어투도 아니다. 그렇다고 청량감도 없다. 목소리의 매력도 스스로 알

기에, 얼굴이 붉어져도 지금까지의 일상들이 대견스럽기도 했다. 언어를 통한 내 삶과 존재에 대한 여러 가지 생각이 났다. 조금씩 자꾸 부끄러워졌다. 하지만, 평생 동안 말로써 직업을 유지했고 앞으로도 말을 내가 끊을 수는 도저히 없다. 그렇다. 내게서 말을 잃는다는 것은 내 삶의 마지막이 될 테니까.

어느 해 여름밤인가. 문인들과 같이 걷다가 풀숲에서 지렁이 울음소리를 알아차리는 대단히 치밀한 수필가를 만났다. 평소 그녀의 시심을 존경해 오던 터라, 난 차오르는 호기심으로 눈을 동그랗게 뜨며 질문을 거듭했다. 흡사 개구리의 울음처럼 들렸다. 조금 색다른 울림이 들을수록 신기했다. 초여름 밤에 논둑길을 걸으며 자연의 소리를 벗 삼아 일행들은 함께 노래했다. 우리는 시시때때로 여름밤의 변화를 느끼며, 많은 감회를 새롭게 찾아냈다. 그녀가 지렁이의 울음을 노래로 소통하며 언어의 위력을 공감케 해 주었으니, 그날은 얼마나 머물고 싶도록 아름다운 추억 속으로 신기한 순간이었던가.

작년 가을, 함께 활동하던 단체에서 별것도 아닌 일로 인해 오해받는 일이 생겼다. 내 뜻과는 무관한 그 상대방이 본의가 아니게 자의적으로 자존심이 상하게 됐다고 화를 냈다. 당황스러웠다. 모양새가 곱지는 않았지만, 참을 수밖에. 다른 도리가 없었다. 안하무인 격으로 진의를 가려보지도 않고 화를 내는 후배의 모습을 묵묵히 수긍하고 감당하면서도 난처했다. 보기에도 너무나 민망할 정도였으니까. 그런데, 한 달도 지나기 전에 후배는 나를 찾아왔다. 죽을죄를 졌다고 사과를 하는 것이다. 속상했고 억울하지만, 선배라는 역할은 그 사과도 받아 줘야 했다. 생각할수록 괘씸하고 어이가 없었지만, 한편 참기를 잘했다는 생각도 내심 들었다. 참는다는 것이 어디 그렇게 쉬웠던가. 내가 할 수 있는 마음의 선택은 그녀의 입장에서 역지사지易地思之로 생각해 보는 일 외에는 없었으므로. 순간적인 감정에 살기보다는 시간의 큰 흐름에 나를 찾으려 애썼다. 그 순간이 어떻게 보면, 내 그릇과 품성을 스스로 가누어 볼 때였다. 얼마나 다행인가. 가끔, 혼자서 하늘 우러러 보는 시간을 즐겼으니까. 사람과의 관계에서 아름다운 거리가 얼마나 소중한지를 터득했던 시간이 조금씩 쌓여 있었기에.

그럴 때마다 가슴으로 품어 두었던 말이 있었다. 내가 존재하는 한 시간은 나의 확실한 증인이 될 것이다. 시간이 모든 것을 말해 주리라. '시간은 묻지 않았는데도 때가 되면, 가장 선명하고 상세하게 말을 해 주는 진실한 수다쟁이'라고 했으므로. 그 말은 에우리피데스가 처음 했는데, 고대 그리스의 3대 비극 시인의 한 사람이다. 그는 「퀴클롭스」를 비롯한 19편의 작품이 전해지는데 주로 인간의 정념과 가공할 작용을 주제로 썼다. 그의 아이러니를 내포한 합리적인 해석과 새로운 극적 수법으로 그리스 비극에 큰 변화를 가져왔던 인물이다. 그의 말에 절대 공감하니까 시간만큼 정확한 대변자도 없을 것이다. 다양한 사람들과 갈등과 오해 없이는 지속적인 관계가 어렵기도 하겠지만, 이제부터는 마음을 편하게 갖고 살리라 다짐했다. 어떤 경우에도, 제 아무리 이런저런 변명이나 핑계를 내가 먼저 늘어놓은들 무슨 소용이겠는가.

어쩌면 그 힘든 순간도 내가 견딜 수 있음은 시간이 말해 줄 것을 믿을 수 있었기 때문이다. 잠깐의 오해는 참음으로 머지않아 풀렸다. 각자의 시각 차이로 오해는 언제든지 발생할 수 있지만, 진심은 시간 속에서 더 진실하게 고운 빛을 낸다. 언제가 될지는 몰라도, 기다릴 수 있어야 한다. 거짓과 포장은 시간이 흐를수록 가치가 소멸된다. 어떤 이유와 핑계도 존재를 이겨낼 시간과는 함부로 겨룰 수 없으리라.

지난봄, 미국 플로리다에서 휴가로 열흘 정도 머물다 왔다. 미국에 살고 있는 딸의 초청으로 뉴욕 공항에 내렸지만, 다시 세 시간 비행을 위해 다른 비행기로 갈아탔다. 역시 크고 넓은 나라라며 옆에서 감탄을 하는 가족들, 소곤소곤하는 어린 녀석들의 속삭임이 더 귀를 솔깃하게 했다. 영어와 한국어를 섞어가며 빠른 속도로 하는 말을 내가 도저히 알아들을 수 있겠는가. 난 몰래 애써 듣기를 포기하고 말았다. 그 후 손주 녀석들에겐 신나는 말들이 내게는 소음으로 들릴 수밖에.

드디어 낙조가 황홀한 해변의 호텔에 가방을 풀었다. 얼마나 물이 맑으면 지명도 '클리어워터Clearwater'라고 불러왔는가. 밤마다 바닷물이 출렁거리면서 창밖으로 나를 불러내는 듯했다. 바다는 파도로 말을 한다는 시의 한 구절도 생각났다. 시와 수필, 어느 문학 작품에서도 언어란 활용할 수 있는 능력의 한계를 느낄 때가 많았다. 이렇듯 어디에서나 언어는 매 순간 말이나 모습으로 내 속의 진실을 찾아서 형태가 없는 진리로 향하는 문을 찾느라 바쁘지 않은가.

아직도 선명하게 생각나는 곳이 있다. 그곳은 서커스 박물관인데, 위대한 쇼맨의 세계였다. 존 링링(John Ringling, 1866~1936)은 미국 서커스 업계를 지배했던 유명한 인물이다. 링링The Ringling의 주인이었던 존의 집은 엄청난 규모였다. 큰 저택인데, 그는 이탈리아의 베네치아를 특히나 좋아해서 자신이 플로리다 겨울 별장을 베네치아풍으로 건축했고 이름도 베네치아 방언으로 지었단다. 바다로 향하는 부두 시설이 마련되어 있어서 바다가 부르면 언제든 나갈 수 있다. 겉모습조차도 세계를 이웃처럼 오가면서 공연한 시대의 거장이 살았던 집 같았다. 멀리서 보거나 안에 들어가서 관람을 해도 얼마나 웅장했고 아름다운 저택이던가.

내가 방문한 그날은 변화무쌍한 미국의 봄 날씨라도 적당히 좋았다. 물무늬를 그리듯 바다의 표정과 화려한 색감에 창을 옆에 둔 테라스가 황홀하게 빛났다. 이국의 낯선 여행객에게도 석양은 환상적 감정을 솟아나게 했다. 그 창틀 바깥쪽에서 기타를 치는 멋진 한 남자를 보았다. 아들인 듯 꼬마를 데리고 온 서양 여행객이다. 청바지 차림의 자연스럽고 자유로운 모습이 나를 끌었다. 얼른 내려가서 가깝게 다가서며, 서툰 영어 발음으로 친근감을 나타냈다.

마침 그의 아들도 손짓으로 반겨주었다. 여전히 기타를 치며 조용한 음악을 들려주는 그의 미소는 깊은 의미를 전달했다. 기타 줄이 팅기는 것만으로도 내겐 멋진 음악으로 들렸기에, 잔잔했던 바닷물과 어린 서양 꼬마의 푸르게 빛나는 눈빛으로 난 잠시의 평안을 느꼈다. 서로 재미있는 체험의 여행담을 잠시 공감했다. 아쉽게 헤어질 때는 감사하다는 인사를 하며 함께 사진도 찍었다. 동서양의 언어는 다소 이질적이었지만, 감성의 교류는 충분했다. 진한 소통의 기쁨이 되었으니까. 조금 떨어진 곳에서 가족들이 나를 불러도 못 들었을 만큼, 우리의 언어는 짧은 시간 속에서도 노래와 표정, 몸짓Body language까지 통했던 것이다. 그렇게 서툴렀어도 온갖 소통의 도구가 나의 존재로 충분한 언어적 역할도 가능했으니까.

그뿐이 아니라, 예술을 통한 소통은 온갖 감성과 시대상을 초월했다. 미술관과 박물관을 다 견학한 감회는 나의 부족한 세계사 지식의 바닥을 치는 듯했고, 문화사에서도 언어의 소통은 주요한 몫을 감당했다. 아마도, 그 방대한 자료를 정리하고 그가 귀중하게 보존하지 않았으면 도저히 그의 존재와 가치를 짐작도 못 했으리라. 서커스 박물관Circus Museum은 말보다는 묘기와 쇼, 그 시대의 많은 동물과 기인들을 등장시킨 현장을 축소한 것 같았다. 무엇보다도 그 시대에 존재했던 자료가 없었다면, 어떻게 그 어마어마한 역사적인 시대상을 알 수 있으랴. 실크로드를 따라 전설적인 서커스 지도를 새롭게 만들었던 링링의 업적이 대단했다. 난 감동하며 또 반성했다. 그의 거대한 발자취와 동서양의 문화적 교류에서 아직도 내가 시대를 읽지 못한 근시안적 존재의 차별성만 탓하겠는가.

때론, 우리가 존재하는 시간이 역사 속에서 막연할지도 모른다. 만남의 인연조차 길고 짧은 시간 속에서 이루어져도 그 존재가 가슴의 언어로 소통되니까. 열정적인 사람의 일생은 자신의 존재를 시대적 역사로 이룬다. 맑은 영혼을 가진 자는 자연 속에서 함께 부르는 지렁이의 노래도 분별해 듣는 것을 알 수 있었기에, 난 모두가 부러웠다. 나처럼 평범한 일상에서 살다 보면, 같은 시대에 살면서도 상대방의 진심을 곡해하는 경우도 가끔 발생할 수 있으니까.

누구의 증언보다도 세밀한 시간의 말, 거짓 없는 수다를 나부터 소중히 여기면서 살고 싶다. 역사와 시대를 존중하며 볼 수 있는 마음의 여유를 갖고 싶다. 진심을 알 수 있는 시간의 흐름 속으로 내가 존재하는 이유 때문이 아닐까. 앞으로도 가치 있는 여행이나 만남을 통하여 나만의 진실한 언어를 찾아낼 일이다. 언젠가는 진실을 대변할 시간이 말 없는 수다쟁이로 한 치의 오차도 허용하지 않을 테니까. 나답게 살아가는 진심 어린 말을 듣는 사람이 항상 내 주변에 오래 머물러 있기를 바란다. 그들은 시간의 존재인 나의 말을 통해서 비로소 알리라. 어느 계절의 풀숲에서 부르는 지렁이의 노래처럼.

윤영남 | 숭실대학교 교육학 박사(평생교육전공), 시인, 수필가. 수상 : 선사문학상 본상. 저서 : 수필집 『또 하나의 시작을 위하여』『관계』. 국제PEN한국본부 이사, 한국문협 낭송진흥부위원장, 꽃불문학회장, 아리수문학회 이사, 강동문협 고문. 사임당문학회장 역임.

한 걸음 더 가까이

김정화

근자에 들어서는 수목원이나 공원은 물론, 가로수에서도 이름표를 달고 있는 나무들을 쉽게 만날 수 있다. 전에는 무심히 지나쳤었는데, 이름표를 달고 있는 나무들을 만나게 되면, 나도 모르게 그 앞에 발길이 멈추어지곤 한다. 학명, 개화기, 나무의 특성, 쓰임새까지 꼼꼼히 챙겨 읽다 보면 나무에 대해 이런저런 것들을 알게 되는데, 그렇게 하나씩 알아가는 재미가 여간 쏠쏠하기 때문이다. 그냥 지나칠 때는 느끼지 못했던 어떤 감정이, 이름을 부르게 되면서부터는 사뭇 다른 감정으로 다가오는 것이다.

요즈음은 산책길이나 등산로에서 만나는 야생화나 나무를 보면 그 이름이 궁금해져서 그냥 지나칠 수 없게 되었다. 그래서 밖에 나갔다 오면 수첩 안에 꽃이나 이파리 등을 채집해 와서 식물도감을 뒤적이는 버릇 하나가 생겼다. 물론 쉽게 그 이름을 익힐 수는 없지만, 관심을 가지고 불러보고 새기다 보면, 자연스레 그 이름을 부를 수 있게 되었다.

　유월이 시작되면서부터는 천변 공원에 피기 시작한 털부처꽃, 왕원추리, 일월비비추와 아침 인사를 나누는 것으로 일과를 시작했다. 처음에는 낯설어서 몇 번을 외워도 구별이 어려웠던 이름들이었는데, 이제는 천변에 있는 웬만한 것들의 이름을 부를 수 있게 되었다. 그렇게 구별이 어렵던 벌개미취와 꽃범의꼬리도 확연히 구별해 부를 수 있는 것을 보더라도 나도 이제 천변 가족이 다 된 모양이다. 그들 속에 있으면 늘 노적가리를 쌓아놓은 듯한 포만감으로 그득해진다.

　그중에서도 쑥부쟁이꽃은 내게 많은 것을 생각하게 해주었다. 봄이면 제일 먼저 언덕배기에 돋아나서 입맛을 돋우어주던 들나물인 쑥부쟁이. 그동안 쑥부쟁이라는 들나물에 대해 내가 알고 있는 것은, 고작 봄의 식탁을 즐겁게 해주는 들나물, 그리고는 이내 떠오르는 할머니가 풋마늘 썰어 넣고 된장으로 무쳐내던 구수한 손맛에 대한 추억이 전부였다. 그런데 어느 날 우연히 발견한 쑥부쟁이의 보랏빛 꽃 무리 앞에 서서 나는 당혹스러웠다. 그동안 산이나 들에서 무수히 보아 왔던, 들국화인 줄만 알았던 그 꽃이 쑥부쟁이라니.

　초등학교도 입학하기 전부터 언니들을 따라 나물 바구니를 들기 시작한 이래, 반세기도 넘게 알아 왔던 상식이 이렇게 엉터리였음에, 갑자기 주위의 모든 것이 낯설고 조심스러워지기 시작했다. 어찌 지나온 삶의 길목에서 저지른 잘못이 쑥부쟁이에 한할 것인가. 저것에 대해, 또 이것에 대해 나는 얼마나 많은 것들을 놓치거나 잘못 알고 살아왔을까. 갑자기 내가 알고 있는 모든 것에 자신이 없어졌다. 하찮은 풀 한 포기에도 이러할진대, 내 삶의 길목을 스쳐 간 모든 것들에 나는 얼마나 많은 오류를 저지르며 살아왔을까. 사람이 아닌 다른 대상에서야 내 무지함으로 치부해 버리면 되겠지만, 사람을 향한 내 편견과 잘못된 인식은 상대방을 이해하고 배려하기보다는, 멋대로 잣대를 들이대어 상처를 입혔을 것이며, 진정한 사랑의 손길이 필요한 곳에 무관심으로 일관하며 살았을 것이니, 자꾸만 뒤통수가 부끄러워졌다.

같은 아파트 라인에 사는 철이네만 해도 그렇다. 현관문을 나란히 하고 산 세월이 수삼 년인데도 한 번도 대화를 나눈 적이 없었다. 대화는커녕 행여 그녀와 마주칠까 전전긍긍해 왔다. 내가 그렇게 그녀에게 냉담했던 이유는 단 하나, 때때로 한밤중에 단잠을 깨우는 고성방가 때문이었다. 이유가 어찌 되었든, 남의 단잠을 깨우는 무례를 용납할 수 없었기 때문이었다.

그런데 올여름 우연히 그녀의 도움을 받게 되었다. 집을 수리하는 중에 어딘가에서 전기를 끌어다 써야 하는 부득이한 사정이 생겨, 어쩔 수 없이 그녀의 신세를 질 수밖에 없었다. 그런데 그녀는 불편해 하기는커녕 냉커피, 음료수는 물론 작업하는 데 필요한 것들을 자기 집 일이라도 하는 것처럼 솔선해서 챙겨주는 것이었다. 그동안 상종 못할 무례한 사람이라며 피하기만 했었는데 너무도 정 많고 수더분한 모습이 마치 다른 사람을 보고 있는 듯했다.

그 일을 계기로 오가다 마주치면 간단한 인사말이라도 나누는 사이로 발전했다. 그리고 죽을 만큼 힘든 세월을 살아낸 그녀의 아픈 시간도 알게 되었다. 그동안 그녀의 고통을 한 번도 들여다보려 하기는커녕 형편없는 사람으로 치부해 버린 채, 몸 사려 왔던 것을 생각하면, 그녀에게 많이 미안했다. 가끔 퇴근길에 강아지를 안고 산책하는 그녀를 발견하면 내가 먼저 다가가 근황을 묻는다.

어느 날 가슴을 에는 통곡 소리에 그냥 지나칠 수 없어 벨을 눌러 사연을 물었더니, 하나밖에 없는 아들이 행방불명된 지 한 달째란다. 무슨 일이 있겠냐며 위로하면서도 가슴이 에이듯 아파 왔다. 하루만 소식이 없어도 눈앞이 캄캄할 텐데, 한 달째 무소식이라니.

'하느님. 그 아이를 지켜주소서.'

나도 모르는 사이 기도 말이 나왔다. 그리고 기도하는 중에는 꼭 그 아이의 무사를 빌었다. 며칠 뒤 퇴근길에서 그녀를 만났다. 다행스럽게도 아이의 소식을 알았다며 환하게 웃고 있는 그녀를 보면서 내 마음도 환해졌다.

그녀와의 변화된 관계를 통해 내가 그동안 얼마나 경직된 삶을 살아왔는지 돌아볼 수 있었다.

'세상에 존재하는 그 어떤 것도 하찮은 것은 없다. 눈에 보이든 보이지 않든 그 존재 자체로 존중받고 사랑받아야 한다.'는 생각은 늘 머릿속으로는 하고 살면서도 그것을 행동으로 옮기려 노력했던 기억은 없다. 오히려 치열한 생존을 핑계 삼아 그런 내 삶의 방식을 정당화하면서 살아왔으니, 중요한 것들을 놓치고 살아온 셈이 아니던가.

이제부터라도 그런 잘못을 반복하지 않기 위해 스스로 앞에 '천천히, 그리고 한 걸음 더 가까이'라는 슬로건을 내걸었다. 그렇게 세상을 향해 한 걸음 더 가까이 다가가노라면 나의 노년도 훨씬 따뜻하고 밝아지지 않겠는가.

김정화 | 남도수필회원, 광주문학회원, 월간문학회원. 수상 : 광주문학상, 신곡문학상. 저서 : 수필집 『왜 우리에게 도돌이표는 없는가?』 『우리는 무엇에 길들여 사는가』, 공저 『우리들의 사랑법 (1992~2020) 28집』.

비로소 보이는 시간들

류경희

마지막 배의 출발시간이 오후 4시라고 했다. 우리를 섬으로 데려온 관광 가이드가 신신당부한 4시 10분 전 선착장 집결을 지켜내느라 그토록 아름답다고 소문난 섬을 느긋하게 즐길 여유가 없었다. 썰물일 때는 본 섬에서 작은 바위섬까지 잠시 자갈길이 열려 건너다닐 수 있다고 들었지만 잠시 바닷길을 걸어 등대섬에 가 볼 엄두조차 내기 어려웠다. 4시 10분 전을 지키지 못할까 걱정하는 마음이 커서였다.

더구나 몇 개월 전 발목을 심하게 겹질려 아직 오른쪽 발목이 불안불안한 나는 섬의 최고봉에 위치한 전망대까지 두 손을 합한 네 발로 기다시피 더듬거리며 간신히 올라가 바쁘게 섬 산을 내려가는 일행들을 지켜볼 수밖에 없었다.

전망대에 서서 바람을 맞으며 눈 아래 펼쳐진 해안 자락과 등대섬의 아기자기한 풍경을 보며 '이렇게 온 섬을 긴 시간 편안히 즐기는 것이 정신없이 섬을 일주하는 것보다 진정한 관광의 맛이 아니겠어?'

혼잣말로 유쾌하게 웃었다. 그러고 보면 나는 상당히 자기 합리화가 발달한 사람인 듯싶다. 이솝우화 「여우와 신 포도」에 등장하는 여우처럼 말이다.

몹시 굶주린 여우가 높은 가지에 달린 포도를 발견하고 기뻐 날뛰며 포도를 따기 위해 갖은 애를 썼으나 포도에 닿을 수가 없었다. 안타깝게도 포도를 따지 못한 여우는 이렇게 아쉽고 분한 상황에서도 오히려 긍정적으로 자신을 다독인다.

"저 포도는 힘들게 따봤자 어차피 익지 않은 신 포도라 먹을 수 없었을 거야."

오호~ 얼마나 나이스한 방어기제인가. 살아오면서 숱하게 겪었던 실패와 시행착오의 상처를 치유할 수 있던 것은 여우처럼 재빠른 합리화의 힘이었다. 지금보다 젊었을 때의 나는 실패를 인정하고 자책하는 것이 두렵고 싫어 실패보다 더 큰 상처를 입는 일이 잦았다. 속으로 가두는 미련함을 자존심이라 착각했던 나의 눈을 열어 준 것이 이솝 우화를 패러디한 독일 작가 '에리히 캐스트너'의 「여우와 신 포도」였다.

소설가이자 풍자 시인으로 위트 넘치는 작품을 발표한 '에리히 캐스트너'의 「여우와 신 포도」는 기존의 이솝우화 「여우와 신 포도」를 그의 방식대로 비튼 작품이다. 현대판으로 재탄생한 「여우와 신 포도」는 자신의 본모습이 아닌 남에게 보여주는 모습으로 사느라 고단했던 나를 고단한 포장의 늪에서 일순간에 꺼내줬다.

배고픈 여우가 먹을 것을 찾아 돌아다니다가 포도밭을 발견하는 상황은 원본과 같다. 여우는 역시 포도밭에 들어가 탐스럽게 열려 있는 포도송이를 향해 점프한다. 이제부터는 원본과 다른 상황이 연출된다.

결국 포도를 따는 데 성공한 여우를 설마 하며 지켜보던 많은 동물들은 여우에게 우레와 같은 환호와 찬사를 던진다. 의기양양해진 여우는 뿌듯한 성취감에 젖어 드디어 그토록 원했던 포도를 입안에 넣었다. 그런데 여우의 예상과는 달리 맛있게 보였던 포도는 전혀 익지 않아 시어도 너무 신맛의 포도였다.

그러나 여우는 환호하는 동물들 앞에서 포도가 시다고 불평할 수가 없었다. 대중 앞에서 소위 '가오'가 죽을 수 없었던 것이다. 여우는 "우와, 정말 이렇게 달고 맛있는 포도가 있다니."라고 거짓 감탄을 뱉으며 시고 떫은 포도를 계속 삼켰다.

그러면 이 여우는 온전했을까? 남들에게 실패를 보이지 않으려 허세를 떨던 여우는 위궤양에 걸려 죽고 말았다. 고통스럽고 받아들이기 힘든 현실을 인정하지 않으려다 목숨을 잃은 여우의 미련함이 나의 모습처럼 느껴졌다. 심장에 얼음조각을 댄 듯 섬찟한 충격이었다.

남에게 보이려 사는 삶에서 벗어나 스스로에게 만족하는 삶을 살아야 한다는 깨달음을 얻는 순간 '에리히 캐스트너'의 미련한 여우가 가졌던 위궤양처럼 내 안에 자리 잡고 있었던 위선과 불안의 통증이 스르르 가라앉는 느낌이 왔다.

약속한 4시 10분 전보다 20분 먼저 일행들이 선착장에 집결했다. 이미 중년을 넘어선 이들은 땀과 더위로 범벅돼 마치 밭에서 김이라도 매고 온 사람처럼 지쳐 보였다. 공들여 얼굴에 두들겨 얹었던 선크림과 메이크업 흔적이 흘러내려 민망해진 얼굴을 서로 흉보며 우리는 유쾌하게 웃었다.

그러나 콩밭 매다 온 아지매 같다는 지적에도 거울을 꺼내 얼굴 화장을 고치고 싶지 않았다. 말끔했던 아침의 얼굴과 처참하게 무너진 오후의 얼굴이 다르게 보일지라도 나의 본질이 변해버린 것은 아니니까.

육지로 향하는 뱃전에서 바람을 맞으며 물휴지로 얼굴의 얼룩을 서로 닦아 주며 또다시 웃음이 터졌다. 화장품 얼룩을 지우자 맨얼굴에 거뭇거뭇 드러난 기미와 잡티를 들키게 돼서다. 그러나 아무렇지도 않았다. 그냥 그러려니 꾸밈없이 터지는 웃음들을 참지 않았을 뿐.

류경희 │『월간문학』 등단(1995년). 수상 : 환경부장관상, 청주시 문화상, 함께하는 충북도민대상, 청주문학상, 연암문학상 대상, 계관문학상 대상 등. 저서 : 수필집『그대 안의 블루』『세상에서 가장 슬픈 향기』『소리 없이 우는 나무』『빛나는 유리반지 하나』『즐거운 어록』『우리가 만드는 푸른 세상』외. 국제PEN한국본부, 한국문인협회, 대표에세이문학회 회원.

사법 살인자에게 혼이 있을까?

- 김원일 소설가 『푸른 혼』을 읽고

조현세

"시판되는 책 한 권 소지했다는 게 과연 사형감인가?"

반세기도 전에 그런 일이 있었다. 처음부터 끝까지 조작으로 일관되게 갖은 고문으로 거짓 자백을 받아 내다 못해, "너희들은 꿈꿀 자유마저 없애겠다"며 죽여버렸다. 그들 평균 나이 43세 때다. 1974년 4월 8일 당시 8명 사형이 확정돼 18시간 만인 다음날 사형이 집행된 약칭 '인혁당 사건'이다. 시신마저 탈취하여 강제 화장시켰다. 고문 흔적을 지운 사법살인이다.

김원일 작가는 가족사 일부를 상상력으로 써왔던 소설가다. 이 사건을 계기로 부끄럽게 돌아보고 속칭 분단 소설류로 전환의 계기가 되었다고 한다. '인혁당 사건'으로 억울하게 누명을 쓰고 사형당한 여덟 명 중 대부분이 청소년기를 보낸 대구 연고지가 작가와 같기 때문이기도 하였다.

사건을 중심으로 여섯 편 중편소설 형식으로 처형당한 실제 인물의 삶과 재판기록을 중심으로 사실적 묘사가 돋보였다. 읽어가는 내내 나는 그 시절에 무엇을 했으며, 얼핏 지나가는 뉴스에 혀만 끌끌 차 왔던 세월이 한없이 부끄러웠다. 이들도 먹고 살아가기 위해 야학도 다니고 양봉업자에 학원강사도 하였다. 그러면서 이상주의 국가 건설을 위한 사상을 공부하며 평화통일을 열망한 진보주의자들일 뿐이었다.

나 역시 대학 생활 중 술집 경리도 하며 어렵게 보냈다. 내 초등학교 시절 월북한 아저씨도 있으며 평양에 할머니도 계셨다. 연좌제에 묶여 공직사회에 진출은 엄두도 못 냈다. 80년 초에 해외 나갈 때 신원 조회에 걸려 못 나가니 집안 조상 탓만 해댔다. 국가가 시킨 혁명공약과 국민교육헌장을 외치며 살아왔고, 그냥 술 마시고 노래하며 예비군에 편입되어갈 때 그들은 죽임을 당했다.

소시민은 그렇게 살아오다 2000년도 들어서자 마라톤이나 하며 오십 중반에서야 주위를 살피는 여유를 갖게 되었다. 세상은 달라져 국가위원회가 과거사를 다시 묻기 시작하고, 나는 소설『푸른 혼』을 읽다가 뒤늦게 부끄러움에 묻혔다.

김작가의『도요새에 관한 명상』소설에서 산업화와 환경, 분단과 젊은이들의 방황 문제에 감명을 받았다. 내 경우는 영종도 비행장 건립에 도요새 문제를 거론한 환경수필을 쓰다가 김원일 소설가를 다시

접했다. 『푸른 혼』은 나의 후반기 독서 방향을 전혀 다른 세계로 인도한 책이다.

혼이 놀랄 틈도 없이 한순간에 회오리 속으로 빨려 들었다. 돌개바람은 세찬 추진력으로 견고한 구조물인 지하실 천장을 뚫더니 사형집행실 천장마저 통과해 쏜살같이 대기로 빠져나갔다. (중략)

그 푸르고 푸른 혼은 과연 우주 공간에서 떠돌며 현실에 우리를 내려다보고 있을까? 그때 무기징역으로 대법원에서 감형되었더라면? 아니 사형 언도는 내렸지만, 1997년 이후부터는 사형집행은 없었다. 우리나라는 '실질적 사형 폐지국'으로 분류된바, 사형집행만을 미뤘다면? 그들의 삶은 지금쯤 어디에 와있을까? 통일문제에 다른 각도로 접근하고, 노동자 삶은 좀 더 달라졌을까?

그 시절 빨갱이 자식이라고 목줄까지 매서 동네에서 끌림을 당한 그들 집 어린애들도 세월은 무심히 흘러 이제 손주를 봤을 나이다. 사실 그때 비슷한 민청학련 사건에서 사형-무기징역에서 감형으로 나온 이들도 있다. 그중에 어떤 이는 국회의원에 근년까지 장관급으로 활동했었다. 음지가 양지 되고 정권은 바뀌고 가치관이 전도되기도 한다. 그러나 진실은 오직 하나다.

아무리 상식적으로 판단해도 사형 언도를 내리자마자 집행할 극악무도한 사건은 아니었다. 그것의 부당함을 쫓아다니며 취재 중인 외

신 기자마저 쫓아냈다. 사형집행에 최종적인 결정을 내린 대통령은 훗날 폭음을 하며 그때 판단을 후회했다는 뒷말이 무슨 위로가 될까? 그가 총 맞아 죽었다고 인과응보라고 말할 수도 없다. 단연코 그들은 사형집행을 해서는 아니 될 사람들이었다.

소설은 흥분하지 않고 30분 단위로 사형당하는 여덟 명의 혼들이 빠져나와 회한과 회포를 푸는 장면도 나온다. 유가족이 의유당일기 중 한 편인 「조침문弔針文」을 인용하며 무주고혼無主孤魂을 위로하는 글로 마무리하였다.

그러나 김 작가가 다시금 '푸른 혼 속편'을 써야 할 사건들이 2020년까지 연이어 나오는 판이다.

2002년부터 재심 재판 신청을 하여 5년 후 무죄판결에 이어, 피해자 손해배상 청구 소송에서 모두 승소했다. 다행한 일이다. 그 후 손해배상금과 지연손해금까지 637억을 주라는 판결이 나왔다. 나라는 미안했는지 미리 지급도 하였다. 억울하게 사형을 당한 값으로 많다 적다는 논란도 있었지만, "국민이 내는 세금으로 운영되는 국가가 권력을 이용해 목숨을 빼앗는다면 국가는 존재할 필요가 없기 때문에 국가가 더 많이 책임을 져야 한다."가 옳다. 이런 손해를 입힌 사법 살인자들에게 잘못 집행한 죄를 물어 그 금액을 물게 해야 한다는 논리까지 비약하고 싶지 않다.

그러나 다시 떠오르는 소송이 문제다. 당국의 이자 신청기준을 잘못 잡았다는 대법원 판결이 나왔다. 이미 지급한 돈의 62%에 달하는 211억 원을 유족들은 다시 토해내야 하는 현재 진행형이다.

인혁당 사건은 아직 끝나지 않았고, 김 작가가 아니더라도 속편이 나와야 할 것이다.

팔공산, 대구 반월당, 약전골, 칠곡 현대 공원묘지로 『푸른 혼』 책을 들고 '다크 투어' 같이할 파트너를 찾습니다.

조현세 │ 『월간문학』 신인상 등단(1995년). 저서 : 수필집 『마라톤과 어머니』, 콩트집 『현세 콩트 conte. 세상을 살피다』. 도시계획 기술사.

발자국

김지헌

겨울

12월, 첫눈이 탐스럽게 쏟아진다.

예기치 않은 선물을 받는 느낌이 이럴까. 거실에 앉아 내년에는 풍년이 들겠구나 하고 혼잣말을 한다. 그러면서 피식 웃는다. 옛사랑을 떠올린다면 모를까, 첫눈을 보며 풍년을 읊조리다니. 연륜은 사람을 느슨하고 둔하게 만들기도 하지만 조금은 따뜻하고 이타적인 면모를 갖게 하기도 한다는 생각에서다. 언제부턴가 가뭄이 들면 싹을 틔우고 제 몸을 키울 생명을 염려하고, 날씨가 더워지면 연료를 연소시키며 오염될 환경을 생각하고, 기온이 내려가면 지하도에서 신문을 덮고 자는 노숙자를 생각하게 된다.

내 자리, 작은 책상이 있는 거실 한쪽에 앉아 앞산을 바라본다. 한 지인이 그 산의 능선이 하도 예뻐 이사하게 되었다는 수려한 산이다. 황진이의 눈썹이 저리도 고왔을까. 아니 서정주의 「동천」을 품은 산이다. 도로를 사이에 두고 시야에 들어오는 산과 나무가 흰 눈과 어우러져 아름다운 풍경을 만든다. 행여 그사이 눈이 쌓였을까 창밖을 보니 눈은 자취도 없다. 세상의 열기가 모두 흡수해버린 탓이다. 하늘에서 내려오는 나비 같은 흰 눈은 땅에 떨어지는 순간 사르르 녹아 스며든다. 굳이 발자국을 남기려 앙탈 부리지 않는다. 욕심이 없으니 미련도 원망도 없다. 베란다 가까이 서서, 무등산에서부터 흘러 내려오는 개울물을 보니 하아, 그새 많이 불었다. 저 순백색의 눈은 이미 알고 있었던 게다. 자신의 존재가 땅속으로 스며드는 일은 영원한 소멸이 아니라는 것을. 내일 아침에는 더 많은 왜가리를 볼 수 있겠다는 기대에 나는 덩달아 행복하다.

가을

10월, 소멸하는 것들은 모두 아름답다.

산길을 걷고 있는데 미풍에 제 몸을 싣고 날아와 사뿐히 내려앉는 단풍잎이 곱다. 아니 예쁘다. 스스로 와야 할 때 오고, 가야 할 때 갈 줄을 아는 존재들. 사람이 그렇고 자연이 그렇고, 생명 있는 모든 것들이 그렇다. 생의 마지막 순간은 사람을 비롯하여 모든 존재에게 찾아온다. 소멸의 순간이 있기에 생명체의 아름다움도 안다. 변화하고 유한한 것, 그래서 욕심껏 자신을 뽐내거나 돋보이려 최선을 다해 살아내지 않던가. 그 후 스스로 생을 미련 없이 놓을 때, 그러한 생을 보낸 자연에게, 사람들에게 우리는 존경의 눈빛을 보낸다.

늦가을, 산장에서부터 규봉암을 휘돌아 장불재를 경유하니 무등산 등허리를 한 바퀴 돌게 되었다. 선홍빛의 단풍과 암갈색의 나무들을 보며 가을의 발자국을 따라가 보았다. 떨어진 나뭇잎 자리에는 새봄에 움틀 생명의 터가 자리 잡고 있으리. 소멸의 순간은 재생의 순간을 위해 존재하나니. 그 깊고 오묘한 순환의 수레바퀴가 어찌 슬픔이나 기쁨, 아름다움 따위의 빈약한 언어들로 표현될 수 있을 것인가. 그저 작은 생각 하나를 넌지시 남기려 했을 뿐.

여름

8월, 무성한 것들은 소용돌이를 일으킨다.

그래서 한여름 숲속에 들어서면 현기증이 인다. 나무들이 혼신으로 내뿜는 정열의 에너지가 숨 막히게 한다. 그것은 여름 숲이 보내는 메시지를 받아들일 줄 아는 이에게만 허락된 느낌이다. 충만함을 온몸으로 받을 줄 아는 자의 특권이다. 날숨과 들숨을 반복하며 폐부 깊은 곳까지 스며든 여름 냄새를 맡는다. 여름 냄새, 그것은 열정이다. 산하 어디를 둘러봐도 짙푸른 성숙함이다. 그 성숙은 완숙의 과정을 거쳐 미래의 소멸 단계와 연결된다.

'가을'에서 소멸하는 것은 아름답다 했던가. 아름다운 이유 중의 또 한 가지는 여름의 열정에 있다. 생명체가 혼신의 열정을 사르는 시기가 여름이기 때문이다. 대나무가 꽃을 피우고 죽음을 맞이하듯, 사마귀가 혼신을 다한 교미 끝에 자신의 존재를 암컷에게 전이시키고 죽음을 맞이하듯, 소멸의 순간 전에는 생의 꼭짓점이 존재한다. 사람의 변화는 서서히 진행되어 가시적으로 느끼지 못한다 해도 인생 또한 절정의 시간을 지난다. 이 무성한 시기의 생명은 나이테를 만든다. 생의, 살아있는 날의 흔적이다. 존재의 흔적을 생성하는 일, 여름의 발자국이다.

봄

5월, 환희의 순간들이다.

생명 가진 만물이 용틀임을 시작하고도 두어 달이 지났다. 그 사이 가슴속까지 화안하게 밝혀주던 개나리가 지고, 열정을 수줍게 태우던 진달래도 졌다. 온전한 몸을 지키지 못하고 상처 난 몸체를 보이느니 차라리 요절하고 말겠다는 듯, 뚝뚝 꽃잎을 떨어뜨리는 자목련도 미련 없이 한 생을 다하였다. 추월산의 산벚꽃은 만월의 호수를 보는 것처럼 혼몽하게 한다. 그즈음, 늦봄의 햇살까지 가세해 세상은 나른한 마술에 빠져들었다. 그렇게 아름다움 천지인 세상에서 지상에 발 딛고 서 있느라 나는 필사적이었다. 봄은 그렇게 제 발자취를 빠짐없이 재현했다.

5월의 마지막 수요일이었던가. 전날 비가 와서 세상의 풍경들이 말끔하게 제 모습을 정리했다. 학교 뒷산의 소나무들은 한층 더 짙푸르렀다. 오후 수업을 하고 지친 몸으로 터벅터벅 걸어 주차장에 도착했다. 긴긴 봄 해는 서산에 걸려 있었지만 아직 그 기운이 창창해 나는 두 눈을 찡그리며 구석에 두었던 차를 찾아 리모컨을 작동시켰다. 차를 향해 걸으면서 보니 온통 누런 먼지를 뒤집어쓰고 있다. 매스컴에서 보던 꽃가루 세례를 야무지게 받았다는 생각으로 피식 웃음이 나왔다.

다음 순간, 환희였다. 누가 그렸을까, 저 아름다운 그림을. 어쩌면 그리도 앙증맞은 자취를 남겼는지 아하, 하고 탄성이 절로 흘러나왔다. 누가 그리도 오종종한 발자취를 만들 수 있을까. 온종일 노오란 송홧가루를 뒤집어쓴 차체에 참새 두세 마리가 내려와 잠시 노닐다 간 모습이었다. 노란 물감 위에 찍힌 그 발자국은 사랑하는 이를 앞에 두고 황망하여 종종거린 모습도 아니고, 너무 점잖아서 앙큼 떠느라 제 모습을 보여주지 못한 못난 모습이지도 않았다. 적절히 사랑하고 아쉬움을 남긴 채 날아간 새의 발자국. 사랑스러운 봄의 흔적이었다. 그야말로 조화를 아는 새들의 조홧속이었다. 노란 송홧가루 위에 새긴 새들의 발자국, 봄의 발자취에 홀려 나는 현기증이 일었다.

김지헌 | 『수필과비평』(1993년), 『월간문학』(1996년) 수필 등단. 수상 : 호남신문(2000년), 전북일보 (2002년) 신춘문예 소설 당선. 수필과비평문학상, 신곡문학상(수필), 국제문화예술상(소설), 광주문학상(소설) 등. 저서 : 수필집 『울 수 있는 행복』 『표면적 줄이기』 『그는 누구일까』, 수필선집 『발자국』 『어둠 짙을수록 더욱 빛나지』, 소설집 『새들 날아오르다』(2011년 우수도서 선정) 『켄타우로스, 날다』 (2019년 아르코 문학나눔), 장편소설 『오래된 정원에 꽃이 피네』 외 다수. 조선대학교 문학박사, 동대학 국문과 외래교수. E-mail : kim-ji-heon@hanmail.net

시시각각 時時刻刻

정태헌

　뒤엉켜 혼란스러울 때가 있다. 과거는 지나갔고, 현재는 순간마다 흘러가며, 미래는 아직 오지 않았다. 되짚으면 미래는 주저하면서 다가오고, 현재는 머뭇거리며 지나가며, 과거는 영원히 정지한 채 침묵 속에 맴돌 뿐이다. 그 시간의 앞뒤가 뒤섞여 종종 어제와 오늘과 내일이 헷갈리곤 한다. 그럴 때면 허방에 빠진 것만 같고, 실꾸리가 엉클어진 것처럼 갈피를 잡을 수가 없다.

　일전 길거리에서 만난 지인과의 대화가 아득하기만 하다. 서로 안부를 묻다가 돌아가신 모친 이야기를 하게 되었다. 벌써 가신 지 1년도 지났단다. 아니, 달포 전쯤이 아닌가. 아 참, 그렇지 내 정신 좀 봐. 작년 봄 벚꽃 흐드러지게 핀 날 강변도로를 따라 차를 몰고 그 장례식장에 갔었지. 그래, 망자의 영정을 등 뒤에 두고 다른 문상객들과 흔연스럽게 이야기까지 나누지 않았던가. 왜 시간은 까마득히 혼동 속에 뒤섞여 매몰된 것일까.

그뿐인가. 얼마 전 건널목에서 신호등이 바뀌기를 기다리며 서 있는데 문득 지금이 몇 시인지, 며칠인지, 어느 계절인지, 순간 시간이 뒤엉켜버려 분별할 수가 없었다. 신호가 바뀌었는데도 우두망찰하고 서 있었다. 게다가 뜬금없이 주체할 수 없는 눈물까지 주르륵 흘렀다. 감정이 담기지 않은 정체불명의 눈물이었다. 우세스럽고 민망스러워 건널목을 건너지도 못하고 그 자리에서 고개 들어 하늘만 올려다보고 있었다.

시간은 쉬지 않고 흘러간다. 우린 시간 안에 머물고 있는데, 그 시간은 우리 의식보다 무한 광대하다. 그저 과거의 현재, 현재의 현재, 그리고 미래의 현재라는 범위에 속해 있을 뿐이다. 우리는 과연 시간 안에 머무는 걸까, 시간 밖에서 존재하는 것일까.

어느 수도원의 전설 같은 이야기다. 한 젊은 수도승이 낮에 일을 마치고 수도원 정원에서 묵상하며 걷고 있었다. '하루가 천 년 같고 천 년이 하루 같다'는 말을 화두 삼아 묵상 중이었다. 그런데 이 말이 쉽게 이해되지 않았던 그는 숲속을 걸으며 생각에 깊게 잠기느라 주변에서 일어난 일들에 대해 신경을 쓰지 못했다. 그렇게 한참을 걷고 걸었다. 이윽고 저녁 식사 시간을 알리는 종소리를 듣고서야 그는 서둘러 수도원으로 돌아왔다.

그는 식당으로 들어가 자기 자리로 향했는데 이미 낯선 수도승이 앉아 있었다. 주위에 늘어선 수도승들 역시 아는 이는 한 사람도 없었고 그들 역시 놀란 눈으로 그를 쳐다보았다. 누군가가 그의 이름을 물었다. 그는 이름을 말하자, 지난 300년 동안 그 어떤 수도승도 여기에 선 그 이름으로 불리는 것을 원치 않았단다.

그 이유는 옛날 그 이름으로 불렸던 수도승이 숲속에서 행방불명되었기 때문이었다. 그 젊은 수도승이 수도원장의 이름과 자신이 수도원에 입회한 때를 말하자, 그들은 수도원 연대기를 꺼내보고는 300년 전에 사라졌던 수도승이 바로 그라는 사실을 알게 되었다. 젊은 수도승은 깜짝 놀랐고 그 순간, 그의 머리칼은 백발이 되고 말았다.

시간은 무의식이나 가장 내적인 곳에서 작용할 터이다. 지나간 시간에 대해 어찌 생각하고, 지금은 어떻게 인식하며, 앞으로는 어찌 대응해야 할까. 현재는 영혼의 경험이고, 과거는 영혼 속에 있는 회상의 이미지이며, 미래는 영혼의 기대 안에서만 이루어질 텐데 말이다.

한데 시간을 뭉개며 살아가면서도, 그 끝인 죽음 자체에서 벗어나고 싶어 한다. 무심히 TV 채널을 돌리고, 헛된 일로 소비하며, 유흥으로 시간이 빨리 가기를 바라기도 한다. 유한한 시간을 살다 보면 결국 기다리는 것은 소멸뿐인데도 말이다. 주어진 시간이 끝나면 생의 벼랑과 대면하게 될 것은 자명한 일이다. 그렇다고 하릴없이 소중한 시간을 죽이며 덧없이 살아갈 수는 없는 일이다. 시간의 인식 속에서 존재하며, 존재한다는 것은 시간 속에 머무는 일이고, 시간 속에 살아가는 동안이 나를 이루는 순간들이다.

시간은 미래를 주저하면서 다가오고, 현재는 화살처럼 날아가며, 과거는 영원히 정지되어 있다. 짧은 인생, 시간이 하는 말을 잘 들을 일이다. 시간은 인간이 쓸 수 있는 가장 가치 있는 보물이다. 소멸을 인식하며 살 때 현재를 잘 사는 일이라고 한다. 누구든 날마다 시간을 보내고 있지만, 정작 자신이 죽기를 바라는 사람은 없을 테다. 생의 정지선을 인지하는 사람만이 시간을 잘 조절할 수 있다.

그저 시간의 꽁무니만 부지런히 따라가야 하는 것인가. 하나 붙잡을 수 없는 시간일지언정 현재의 현재를 소중히 여겨야 할 것 같다. 지나간 시간은 돌아오지 않는다. 짧은 인생, 시간의 낭비 때문에 더욱 삶이 짧아질 수야 없지 않은가. 현재의 시간을 낭비하는 것은 어리석은 일이다.

분별하기가 난망하지만, 시간이 하는 말을 침묵 속에서 귀 기울여 볼 일이다. 우리가 평등하게 소유할 수 있는 것은 오로지 시간뿐이다. 낮고 보잘것없거나 가진 것이 아무것도 없는 이에게도 분명 시간은 있다. 생은 시간 속에서 생성되고 소멸하는 것, 시간은 바뀌지만 시시각각時時刻刻 움직인다. 아 혼란스럽고도 안타까운 시간이여!

정태헌 | 『월간문학』 등단(1998년). 수상 : 광주문학상, 현대수필문학상, 광주PEN작품상 등. 저서 : 수필집 『동행』 『목마른 계절』 『경계에 서서』, 수필선집 『바람의 길』 『여울물 소리』 외.

깃들 곳을 찾아서

김선화

길을 가다가 갈래 길이 나오면 미답의 길에 대해 궁금증이 인다. 둘 중 하나는 가야 할 곳이지만 다른 하나는 확인되지 않아 미련으로 남곤 한다.

그날도 또 막다른 길까지 가보자는 심산에서 남편을 보챘다. 한적한 산마을로 찾아드는데 개울가 참나무 밑에 철재 몇 개 걸친 간이다리가 놓여있다. 그 위에 편안해 보이는 의자 하나가 덮개 씌워져 있다. 여름을 나고 동면에 들 준비를 하는 것 같다. 이러한 자리를 마련한 이는 누구일까. 보나 마나 오래전 내가 꿈꾸던 자연적 사고를 이행하는 이로 보였다.

아이들을 키우면서 한창 분주할 때 친정집 과수원엘 가면 적요를 맛볼 수 있었다. 너른 배밭 위쪽으로 복숭아·자두밭이 있어 어디쯤 숨어들어도 오빠 내외는 일하기에 바빠 간섭하지 않았다. 까치가 찍어놓은 것을 피해 굵고 붉은 상품을 뚝 따 물어 떼도 알은체하지 않았다. 그러다가 진력이 나면 더 깊은 산골 물을 따라 거슬러 갔다. 아이들은 돌을 들추며 가재를 잡고 우리 부부는 맑은 물 흐르는 통나무다리에 걸터앉아 놀았다. 그 무렵만 해도 세상사 굴곡을 모를 때이고, 소소한 행복을 느끼는 나이였다.

그러한 서정은 내게 크게 자리 잡았던가 보다. 툭하면 이런저런 끈을 놓고 산 좋고 물 좋은 곳에서 깃들기를 꿈꿨다. 젊디젊은 여성이 낙향을 거론하니 인생을 살아본 대선배들은 약간의 우려를 나타내기도 했다. 왜 꼭 그래야만 하느냐고. 그럴 만한 특별한 이유가 있느냐고. 하지만 딱히 도시를 벗어날 까닭이 있는 것은 아니었다. 아이들 교육 문제나 남편과의 화합이나 나를 떠다밀 빌미는 없었다. 다만, 싸움에 서툰 내가 사람과 사람 간에 옥신각신하며 이해 문제에 얽히고 싶지 않았다. 어쩌다 어처구니없는 일을 당해도 '당신 왜 그래요?' 하고 따져 묻질 못하고, 속으로만 '당신의 인격은 겨우 그 정도로군요. 나는 그런 사람과는 말을 섞지 않아요. 더구나 같은 자리에는 머물지도 않아요.'라고 항변을 하는 내가 보일 뿐이었다. 긴 시간 걸어오는 동안 애초 신성할 거라 여긴 문학 마당이 마냥 꽃피는 무릉도원으로만 비쳤겠는가. 신성시 우러르던 바람과는 달리 뜨거운 젊음의 시기를 건너오는 동안 더러 탁한 모습들도 드러나기 마련이었다. 그럴 때면 만사에서 벗어나 의식이 때 묻지 않을 곳에 스스로를 두고자 했다. 그래야 글 쓰는 사람으로 온전할 것 같았다.

다른 가장 솔직한 한 가지는 건강 문제였다. 병약한 큰아이를 데리고 공기 맑은 곳에서 자연에 기대어 살다 보면 병마를 이기는 날이 있으려나 하는 기대심리였다. 나 역시 강 체질이 못 되니 함께 요양 삼아 실행에 옮기지도 못할 산골행을 동경만 했다. 그러다가 나이 오십에 이르러서는 인생 후반의 나를 어디에 놓을 것인가가 가장 큰 고심거리였다. 무엇보다 감당 못할 시련은, 엄습하는 건강 악재惡材 앞에 조각배를 타고 사해에 떠있는 심정이었다. 이러한 정신적 지배는 청정 지역에 육신을 놓고, 내면 가장 깊은 곳의 나와 대화를 나누고자 갈구했다. 그 과정에서 얻어지는 이야기들을 받아 적으려 귀 기울였다. 그것이 궁극적으로 원하는 글쓰기였다. 그래서 남들보다 일찍 전원생활을 꿈꿨고, 오십 초반부터 분주하게 촌락을 마련하여 땅을 일구고 새들과 벗 삼았다. 도시와 농촌의 경계를 허물고 삶의 원초적인 구석구석을 들여다보며 시간여행을 게을리하지 않았다. 그 과정 속엔 멋들어진 일들이 차고 넘쳤다. 사람 간에 사소한 아귀다툼 거리 따위는 점점 거리가 멀어졌다. 한낱 시시한 것들에 매여 시간을 허비할 사치가 내겐 티끌만치도 허용되지 않았다.

그러한 맥락으로 이곳은, 내 안에서 폭풍이 일 때 내달려와 보고 간 지형이다. 수원에서 고속버스를 타고 와 공주에 내려 사곡행 버스를 갈아탄 뒤 무작정 내린 곳이 바로 이곳 무성산자락의 호계리 버스정류장이었다. 무성산은 홍길동굴 등 십승지로 통하는 곳이다. 거기서 만난 노인의 안내로 신영마을 끝 답을 돌아보게 되었다. 실개울이 흐르는 옆으로 다랑논 대여섯 배미가 아롱다롱 모여 있는 지세에 반해 얼마나 설레었는지 모른다.

담양 땅에 소쇄원을 마련하고 유유자적한 조선시대의 선비 양산보를 흠모하던 나는, 깊은 산에 에워싸여 대자연의 물길 그대로 논농사를 지으며 살아보고 싶다는 욕망으로 가득했다. 그곳을 다녀온 후 잠을 못 이룰 정도로, 아무도 탐내지 않을 손바닥배미들에 대한 구상을 하며 시간을 보냈다. 맨 윗논에 작은 집을 짓고 물길 거스르지 않게 물을 대어 세상사 매인 것 없이 향유하고 싶었다. 물질적 가치라든가 명예와는 거리가 먼 그 촌락에 내 몸을 부리고 새털처럼 가볍게 살았으면 싶었다. 그런 열망이 느닷없는 정신적 사치 중의 사치로 작용해 큰 욕심을 내게 한 것이었다. 그 무렵 두 아이는 이십 대 초·중반이었고, 남편은 소규모 사업체를 운영하고 있었으며, 나 역시 한창 탐구하며 글을 쓰고 있었다. 현실을 따져볼 때 절대로 굴레를 벗어날 수 없는 상황이었지만, 내 의식은 수많은 갈증과 갈등으로 떠돌기 시작했다. 요지는 앞으로의 생을 어느 자리에 놓을까 하는 고민이었다. 가장 나다운 것을 찾아서 적요를 꿈꿨고, 그러한 곳에서 끌어올려지는 깊은 소리를 받아 적고자 했다. 그 소산이 내 문학이라 굳게 믿었다.

하지만 가정 있는 사람이 단독으로 일을 저지를 수 없어 남편에게 권해 시찰이 이뤄졌는데, 그는 이내 차를 돌려 버렸다. 아이들은 성인이니 독립시킨다 치더라도 정작 내 발목을 잡는 것은 가장이었다.

그렇게 물거품이 된 곳을 십여 년 뒤에 다시 찾아든다. 이유를 묻는 남편에겐 그냥 궁금해서라고 대꾸했다. 십 년이면 강산도 변한다지만 요즘 내가 느끼기에는 강산은 2년이면 변한다. 막혔던 길이 뚫리는 것도, 아파트 한 동이 지어지는 기간도 그쯤이면 거뜬한 까닭이다. 그러니 그사이 그 산골 물길도 달라졌을까. 논배미엔 누가 전원주택이라도 앉혔을까. 잔뜩 호기심이 일었다.

더듬어 찾은 다랑논은 오간 데 없고 뙈기밭에선 무와 배추가 실하게 자라는데, 나는 허탈감을 누르며 멋쩍게 두리번거렸다. 사람과의 인연이나 깃들 터에 대한 인연이나 비껴가는 것들에는 무연히 눈이 시리다.

김선화 | 『월간문학』 수필(1999년), 청소년소설(2006년) 등단. 『대한문학』 시 등단(2006년). 수상 : 한국문인협회 작가상, 한국수필문학상, 대표에세이문학상, 전국성호문학상 대한문학상(시부문) 등. 저서 : 수필집 『둥지 밖의 새』 『눈으로 보는 소리』 『소낙비』 『포옹』 외 다수, 시집 『눈 뜨고 꿈을 꾸다』 『꽃불』 『빗장』 『인연의 눈금』, 청소년소설 『솔수펑이 사람들』 『바람의 집』, 동화집 『호두도둑 내 친구』. 계간 『수필세계』에서 「김선화의 단(短)수필」 8년째 연재 중. 한국문인협회, 국제PEN한국본부, 한국수필가협회, 수필문우회, 대표에세이 회원. 구로애경백화점, 용산문화원 등 강사 역임. 現 군포중앙도서관 문학 강의 13년 차. 월간 『한국수필』 편집장.

내 존재의 이유, 열정

박경희

나는 활화산처럼 살기를 꿈꿔왔다. 매 순간 열정적으로 임했다.

나만의 옷을 만드는 일에도 최선을 다했다. 글 쓰는 일이 아니라면, 나만의 브랜드로 된 옷 가게를 냈을지도 모른다. 가게의 간판은 화려한 '보라색'일 게 분명하다. 튀는 문양과 독특한 브랜드 이름으로 말이다.

보라색은 누가 봐도 튀는 색이다. 튄다는 말속에는 평범하지 않다는 뜻과 개성이 강하다는 중의적인 의미가 담겨있다. 나 또한 주위로부터 튄다는 말을 꽤 들었다. 성격이나 행동보다는 독특한 옷차림 때문이라는 것쯤 잘 안다. 나는 튄다는 말을 들을 때마다 기분 나쁘지 않았다. 오히려 내가 이해받고 있다는 느낌이 들었다.

어릴 때부터 남들과 똑같은 옷 입기를 거부했다. 그러나 많은 형제 틈새에서 자란 내게 새 옷이 올 경우는 드물었다. 언니의 옷을 물려 입거나, 닥치는 대로 입어야 했다. 나는 보라색 옷을 입고 싶었지만, 고단한 삶의 연속인 엄마는 나를 헤아려 줄 여유가 없었다.

그때부터 나의 잠재된 '끼'가 발동했다. 언니가 입던 보라색 재킷에 어디선가 단추를 주워다 색색이 달고, 버려진 헝겊 중 예쁜 색깔을 오려 주머니를 만들어 완전 다른 옷을 만들었다. 오직 내가 좋아하는 보라색 재킷을 입고 싶다는 욕망 때문이었다. 아이들은 재킷에다 덕지덕지 헝겊 쪼가리 등을 붙여 입고 다니는 나를 외계인 보듯 쳐다보았다. 어린 나는 아이들의 호기심 가득한 시선을 즐겼던 것 같다. 또래들은 못 하는 바느질을 했다는 자긍심이랄까. 암튼 나는 옷감만 보면, 미친 듯 수집해 와 나만의 옷을 만들어 입곤 했다. 지금 생각하면 넝마주이들이 걸치고 다니는 옷과 비슷했던 옷들뿐이지만.

보라색 옷에 대한 집착이 정점을 이뤘던 때는, 두 아들을 키우면서였다. 연년생 두 아들을 키우며 전쟁 같은 날을 보내면서도 가끔 백화점에 나갔다. 두 아들에게 새 옷을 입히기 위해서였다. 내 어린 날의 트라우마가 있어선지, 둘째에게 형의 옷을 물려주고 싶지 않았다. 특정 제품 마크가 새겨진 보랏빛 셔츠를 사이즈 별로 사 초등학교 졸업할 때까지 줄기차게 입혔다. 다행히 아들들은 엄마가 권하는 대로 묵묵히 보랏빛 셔츠만 입고 다녔다. 지금도 그때 똑같은 보랏빛 셔츠를 입은 형제 사진을 보면 절로 미소가 나온다. 아이러니하게도 장가를 가 독립해서도 아들 모두 보랏빛 셔츠를 즐겨 입는다. 오랜 습관은 중독이다.

나는 지금도 쓰는 일에 지칠 때면, 옷 만드는 일을 한다. 동대문 옷감 시장에 나가는 걸 책방을 찾는 것만큼 즐긴다. 내가 입고 싶은 옷을 만들어 입기 위해서다.

드르륵, 드륵.

재봉틀 돌아가는 소리가 지붕 위에 떨어지는 빗소리처럼 정겹다. 바느질도 어느 정도 할 줄 안다. 액세서리며 단추 등 모두 구해 와 옷을 만드는 시간은 행복으로의 여행이다.

책을 내는 것이나 옷을 만드는 과정 모두 창작임에 틀림없다. 창작은 '낯설게 하기'다. 낯설게 하기는 '열정'이 동반될 때 최고조에 달한다.

보라색은 누구나 좋아하지만, 쉽게 접근하지는 못한다. 더군다나 매일 입는 옷으로 선택하기엔 용기가 필요하다. 보라색이 동양인에게는 잘 어울리지 않는다는 편견 때문인지도 모른다. 그러나 나는 도전했다. 하얀 피부가 아닌 약점을 커버하기 위해서라도 과감하게 보라색 옷을 즐겨 입었다. 다행히 까무잡잡한 나의 피부와 보라색은 잘 맞았다. 어렸을 때 멋모르고 만들었던 넝마주이 재킷을 지금도 만들어 입고 다니는 이유다.

"그 옷도 박 작가님이 만든 옷이죠? 이젠 한눈에 알아볼 수 있어요. 어디서도 볼 수 없는 옷인걸요."

시간이 지나다 보니, 이런 말을 종종 듣는다.

그런 말을 들을 때마다, 흡족한 미소를 짓는다. 가 보지 못한 '의상 디자이너'라는 길에 대해 아쉬움이 조금은 희석되는 순간이랄까. 대리 만족이다.

"보라색을 좋아하면 바람둥이래!"

초등학교 4학년 때, 이 말을 처음 듣는 순간의 충격을 잊을 수 없다. 보랏빛 제비꽃, 수수꽃다리꽃, 보라색 도라지꽃 등을 좋아하던 차에 들은 말이기에. 보라 재킷을 교복처럼 입고 다니던 내게 그 말을 전해 준 친구의 저의가 의심되긴 했지만, 처음으로 '나'를 생각해 본 계기였다.

'나는 정말 바람둥이일까? 좋았던 남자아이가 금방 시들해지고 다른 남자아이에게 관심 있는 걸 보면 바람둥이 맞나 봐.'

그렇게 고민하면서 나는 성장해 왔던 것 같다. 보라색을 좋아하는 내가 '나쁜 아이'인 것 같다는 이상한 죄의식을 숨긴 채.

사춘기가 지나, 청년이 되면서 나는 당당하게 보라색 예찬론자가 되었다. 보라색은 열정이라 믿었다. 그때부터 튀는 옷도 거리낌 없이 입고 다녔다. 남들의 시선을 의식하지 않았다. 대신, 진정한 자존감을 키워가기 위해 부단히 노력했다.

결혼 초, 전업주부로 살던 난 일을 찾아 동분서주했다. 벽장 속 새처럼 살고 싶지 않았기에.

다행히 방송국에서 '글' 쓰는 일이 내 손을 잡아 주었다. 방송 일을 하면서도, 소설 공부를 해 등단한 후, 경계선 너머의 책을 냈다. 전업 작가로 오랜 세월 이 길을 걸어올 수 있었던 건, 열정이라고 믿는다. 내 안에 샘물처럼 솟구치는 열정이 없었다면, 나는 이미 퇴역한 장교처럼, 뒷방 할머니가 되었을지도 모른다.

지금도 난 여전히 할 일이 많다. 선 계약금을 받은 출판사에 글빚도

갚아야 하고, 저자 강연 등으로 전국을 다녀야 한다. 지금까지 치열하게 살아온 선물이라고 생각한다. 내 안의 열정이 살아 있다는 증거라 믿는다.

무슨 일이든 열정 없이는 성공할 수 없다. 열정은 관심이자, 희망이며 삶의 목표이다. 열정이 있을 때, 살아 움직이는 존재가 된다. 목표물을 완성하고 싶은 용광로가 가슴에서 들끓게 되므로 가능한 것이다.

열정은 몰입이다. 자기가 좋아하고 잘하는 일에 집중하는 모습은 진정 아름답다. 난 늘 그렇게 살기를 꿈꿔 왔다. 온 힘 다해 쓴 책으로 독자들과 소통하며 느끼는 에너지는 엄청나다. 그 성취감을 오랫동안 놓치고 싶지 않기에, 오늘도 나는 열심히 자판기를 두드리고 있다.

박경희 |『월간문학』수필 등단(「늘 공사중인 인생」, 2000년),『월간문학』소설 등단(「사루비아」, 2004년). 수상 : 한국방송 라디오부문 작가상. 저서 : 장편소설『류명성 통일빵집』『난민 소녀 리도희』『리수려, 평양에서 온 패션 디자이너』외 30여 권. 2017~현재 중학교 2학년 도덕 교과서에『류명성 통일빵집』일부 수록. 통일부 주최 '남북 청년 창작 교실' 지도 교수. 남산도서관과 강동도서관에서 '청소년 문학 교실' 강의 중. E-mail : park3296@naver.com

시간의 발자국

김윤희

2억 5천만 년 전 역사 속으로 들어간다. 울진에 있는 성류굴이다. 초입부터 시선을 끈다. 오른쪽으로 왕피천을 끼고 동굴 입구까지 웅장한 돌 조형물이 길을 안내한다. 동굴의 자연미를 형상화한 듯 거친 돌의 질감이 그대로 살아있다. 얼핏 사진으로만 보면 이탈리아 어느 한 곳쯤으로 착각할 만큼 이국적인 느낌이 든다.

소독된 헬멧을 쓰고 굴로 들어서려니 낮은 천장이 먼저 나그네를 맞으며 한마디 한다. '수억 년 세월을 들여다보는데 어찌 고개를 빳빳이 들 수 있느냐'는 거다. 사람의 지위와 허세를 용납하지 않겠다는 단호함이 엿보인다. 낮고 겸손한 자세가 아니면 자연현상의 장엄함을 마주할 수 없는 것이 동굴의 생리가 아닌가 싶다. 되잖게 굴다가는 머리 깨지기에 십상이다. 할 수 없이 허리를 바짝 낮추고 고개를 숙여 엉금엉금 기다시피 들어가니 마음이 진중해진다. 비로소 천장을 높여 똑바로 서서도 걸을 수 있는 공간을 허락한다.

제1광장 '연무등석실'에서부터 제12광장인 '보물섬'에 이르기까지 은하천, 미륵동, 3·1기념탑, 지옥동, 만물상 등 다양한 이름과 함께 각종 종유석이 형용할 수 없는 형상을 빚어내고 있다. 용궁, 사랑의 종, 아기불상, 성모마리아상, 산타클로스상, 절묘하게 이름을 붙여 놓았다. 이들을 만나기 위해서 때로는 머리를 조아리고, 몸을 굽히면서 내 표면적을 줄여야 한다. 그러다 보면, 중간중간 허리 쭉 펴고 천천히 감상할 여유가 주어지기도 한다. 굽이굽이 이어진 길이 우리네 인생길과 퍽 닮아있다.

천장에서 종유석이 아래로 향하고, 바닥에서는 석순이 위로 솟아오르고 있다. 서로를 애틋하게 바라보며 겨우 0.4mm씩 자라 한 몸이 된다. 이것이 석주다. 한 방울 한 방울 물이 모여 이루어 낸 마음의 합일이다. 수억 년 기다림의 결정체를 본다. 시간이 걸어간 발자국이다. 웅대하고 찬연하다. 자연현상은 사람이 절대로 흉내 낼 수 없는 신의 영역이다.

이 동굴의 현상은 시생대始生代의 변성퇴적층이 이룬 것이라 한다. 장구한 그 세월의 흔적이 기기묘묘한 형상으로 증거하고 있는데 어찌 사람이 절로 몸을 굽히지 않을 수 있겠는가. 숙연해진다. 100세 넘기기도 어려운 것이 인생인데 그 짧은 기간, 성과를 내겠다고 앙앙대며 집착했다. 열심히 산다는 명분을 앞세워 옆 사람과 견주고 경쟁하며 올라서려 했다. 미물만도 못한 것이 인간일지 모른다는 생각이 스친다.

천연기념물 제155호, 울진 성류굴은 일반 석회암 동굴과 또 다른 특징이 있다. 깊고 넓은 동굴호수가 발달해 있다. 수만 년 전 지금보다 낮았던 해수면이 지각변동으로 올라왔기 때문에 동굴 옆을 흐르는 왕피천이 침수하여 생긴 호수다. 호수에 잠긴 석순은 유일하게 이곳에서만 볼 수 있다. 물에서는 절대로 자랄 수 없는 속성을 지녔지만, 석순은 그 속에서 묵묵히 견디고 있다. 처해진 환경에 순응하는 모습이다.

동굴에 얽힌 또 하나의 이야기는 우리나라 수난의 역사와 궤를 같이한다. 임진왜란 때다. 주민 500여 명이 피신해 있는데 왜군이 돌로 입구를 막아 모두 나오지 못하고 굶어 죽었다 한다. 굴 속에 담긴 비화에 가슴이 축축하게 젖어 온다. 성류굴聖留窟은 그 당시 성류사에 있던 부처를 이곳에 피신시킨 데서 유래한 이름이다. 성인이 머무른 곳이다. 그 한 자락에 아직도 슬픔이 배어 있다. 입구 한편에 단단한 덩어리로 쌓여 있는 돌무더기가 무겁게 와닿는다.

어두운 굴을 빠져나와 옆으로 흐르는 왕피천을 바라본다. 푸르른 물결이 유유하다. 도도하게 흐르는 역사다. 생각이 깊어진다.

김윤희 |『월간문학』등단(2003년). 수상 : 대표에세이문학상, 한국문협 작가상, 충북수필문학상. 한국청소년불교도서자작상, 충북예술인공로상 등. 저서 : 수필집『순간이 둥지를 틀다』『소리의 집』『사라져가는 한국의 서정』, 수필선집『어머니의 길』외. 한국문인협회, 한국수필가협회, 수필문우회 회원. 2020~현재 진천군립도서관 상주작가, 충북수필문학회 회장, 중부매일·충청시평 고정 필진. 도서관·문학관에서 수필, 인문학 강의 중.

바쿠스의 노래

김현희

  박물관 미술사 강의시간이다. 이제는 어디든 매인 삶을 살고 싶지는 않지만 스스로 즐겨 속하기를 원하는 곳, 어쩌면 이곳은 마지막 남은 나의 지적 허영심을 채우는 공간이랄까. 오늘의 강의 주제는 피렌체의 르네상스이다.

  '모든 형상은 처음부터 돌 속에 있다. 나는 단지 그 주변의 불필요한 부분을 깎아냈을 뿐이다.' 미켈란젤로 부오나로티가 남긴 말이다. 우리에게 잘 알려진 조각품 〈다비드〉와 〈피에타〉를 조각한 이탈리아 르네상스를 대표하는 조각가이자 화가의 경이로운 명언을 들으며 잠시 생각이 스친다. 그렇다면 우리의 생生도 태초의 커다란 돌덩어리가 품고 있는 각자의 유일무이한 형상을 주변의 불필요한 부분을 스스로 제거하면서 조금씩 완성해가고 있는 것일까. 어쩌면 불필요한 부분이 아닌 정말로 필요한 부분을 깎아내고 있지는 않았을까.

어느 누구나 젊음은 눈부시다. 그러고 보면 나에게도 20대 전후는 개인적으로 가장 열정적으로 성실하게 최선을 다해 보낸 시기였다. 그 결과로 원하던 학교도 직장도 사랑도 얻을 수 있었다지만, 사실 또래들이 그러하듯 젊음 그 자체만으로도 눈부신 시기였다. 과연 다시 돌아갈 수 있다면 어떤 느낌일까. 피렌체의 위대한 후원자인 메디치 가문의 로렌초가 읊은 시가 우리에게 공감을 안겨준다. 로마 신화에 나오는 바쿠스는 그리스 신화에 등장하는 포도주의 신, 디오니소스와 같은 존재이리라.

> 청춘은 얼마나 아름다운가!
> 그러나 순식간에 지나가버린다.
> 즐기고 싶은 자는 어서 즐겨라.
> 확실한 내일은 없으니까.
> 　　　　－〈바쿠스의 노래〉, 로렌초 데 메디치

　그야말로 순식간에 청춘 시절은 지나고 나도 한 가정을 이루고 30대, 그리고 40대에 이르렀다. 돌이켜보면 그 당시에 제일 중요시했던 것은 그 무엇보다 나로 인해 이 세상에 나온 아이들에게 제대로 그 책임을 다해야 한다고 생각하던 시기였다. 돌아가신 어머니처럼 지혜롭고 어진 어머니와 아내로 단란한 가정을 이루는 게 어릴 적 소박한 꿈이었던 것처럼…. 꿈꾸는 이상에 비해 맞닥뜨린 육아라는 현실은 어설픈 나로서는 하루하루 쉽지 않은 시간이었다. 비교적 평탄한 나날이었지만 어디든 미혹되지 않는 불혹이란 나이도 무색할 만큼 소소한 일상과 감정에 맥없이 휘둘리면서…. 사실 아이를 키우는 것도 힘들지만 제대로 잘 키운다는 게 어디 쉬우랴. 하지만 어릴 적에 용돈을 모아 학교 앞 좌판에서 한 송이 해바라기를 사 오는 고사리 같은 손을 보며, 친구 집에서 김밥을 먹다 엄마가 좋아하는 거라며 얻어서 갖다주고 뛰어가는 아이의 뒷모습을 보며 눈물 젖은 김밥을 먹은 소중한 추억이 있기에 그 시간은 힘들었지만 값진 시간으로 남아있다.

이러저러하게 40대 중반에 문단에 이름을 올리고, 또 하나의 목표였던 박물관 대학을 다니면서 이제 서서히 나의 시간을 갖기 시작했다. 가족들을 향해 달려가던 시간들이 이제는 나를 향해 서서히 다가왔다. 무엇보다 자유로웠다. 이제 다시는 그 시간을 놓치고 싶지 않았다. 미술관과 여기저기 사회교육 센터에 인문학과 미술사 강의를 들으러 다니며 모르던 세계에 서서히 발을 디디기 시작했다. 무언가 알 수 없는 갈증도 조금씩 채워지는 기분이었다. 무엇보다 흥미로웠다. 어쩌면 알면 알수록 모르는 게 더 많아져 간다는 사실이 더 흥미로웠을까.

점차 시간이 흐르며 연륜이 주는 안정감도 꽤 괜찮게 다가왔다. 어느덧 아이들도 제 앞가림을 하게 되어 독립시켜 보낸 후에는 어느 정도 책임을 끝냈다는 느낌 또한 홀가분해 좋았다. 남편의 퇴직으로 얻어진 여유로운 시간을 함께 유럽 곳곳을 돌아보는 것도 또 하나의 기쁨이었다. 어쩌면 일생 중 건강만 허락한다면 이때가 가장 행복할 때가 아닐까 하는 생각이 들기도 한다. 누군가 가장 좋은 시절로 돌아가게 해 줄 수 있다면 사람들은 언제를 택할까. 나는 눈부신 젊음 그때도 당연 좋겠지만 치열하면서도 혼란스러운 청춘 그 시기로 돌아가기보다, 웬만해서 감정에 휘둘리지 않는 지금의 여러모로 안정된 이 나이 즈음으로 돌아가고 싶다고 답할 것 같다. 태초의 돌덩이 속에서 나라는 존재인 조각품을 제대로 깎아서 그 형상을 만들어 가고 있는지 모르지만 말이다. 그렇다면 제2의 바쿠스의 노래를 다시 한번 나직이 불러 볼까나.

노을은 얼마나 아름다운가!
그러나 순식간에 지나가 버린다.
즐기고 싶은 자는 어서 즐겨라.

김현희 | 『월간문학』 수필 등단(2004년). 수상 : 대표에세이문학상. 저서 : 수필집 『진주 목걸이』. 한국문인협회. 한국수필가협회. 대표에세이문학회 회원. 부산대학교 졸업. 박물관 대학 수료. E-mail : hyun103@hanmail.net

유통기간과 유효기간

김상환(동백)

아내를 따라 마트에 갔다. 식재료를 고르면서 유통기한이 길게 남아 있는 제품을 골라 바구니에 담는다. 평소에는 품질과 가격만 보고 구매했는데, 아내를 통해서 식품은 유통기간이 중요하다는 것을 새삼 깨닫는다. 생각해 보니 유효기간을 중요시하는 것도 있다. 그중에 대표적인 것이 의약품이 아닐까 싶다.

유통기간은 제품의 제조일로부터 소비자에게 판매가 허용되는 기간을 말하고, 유효기한은 상품권이나 의약품처럼 효과나 효력을 가진 기간을 말한다. 그러니까 유통기간은 판매 기간을 말하고 유효기한은 소비기한을 뜻한다.

이처럼 대부분의 제품들이 생산 일자를 기준으로 유통기간과 유효기한이 정해지는데 사람은 그렇지 않다. 생년월일은 같아도 수명은 저마다 다르기 때문이다. 만약 인간에게 유통기간을 적용한다면, 정년퇴직을 했거나 산업현장에서 물러났을 때일 테고, 유효기간은 수명壽

命이라고 할 수 있을 것이다.

그렇다면 유효기간은 스스로 결정할 수 없지만, 유통기간은 저마다의 노력에 따라 어느 정도 늘릴 수 있다고 하겠다. 사회 활동을 하는 기간을 유통기간이라고 한다면, 각 분야에서 노익장을 과시하는 분들이 바로 유통기간을 연장한 분들이라고 할 수 있을 것이다.

특히 인간관계에서의 유통기간은 본인의 노력에 따라 결정된다. 식품이 유통과정에서 보관 방법과 보존 온도가 중요하듯, 인간관계는 처세 방법과 마음의 온도에 따라 결정된다고 해도 과언이 아니다. 그리고 인간의 유효기간은 존엄성과 품위를 유지할 때까지가 아닐까 하는 생각을 해본다.

오래 산다는 것은 대다수 인간의 간절한 소망이자 꿈이다. 하지만 얼마나 오래 사느냐보다는 어떤 삶을 살다 가느냐가 더 중요하다. 장수한 노인 중에는 인간 이하의 삶을 누리거나 경제적 어려움 속에서 삶의 의미를 잃은 채 처참한 상황에 내몰려 홀로 외롭고 서럽게 불우한 삶을 살다가 세상을 떠나신 분들이 많다.

한국인의 평균 수명은 1950대는 45~50세였던 것이 과학과 의학의 발달로 요즘은 남자는 80세, 여자는 86세라고 한다. 그런데 행복 지수는 늘어나지 않고 있으니 안타까운 일이다.

2022년 세계 평균 수명 순위에서는 우리나라가 3위인데, 행복 지수 순위에서는 61위로 밀려났다. 우리나라 노인 자살률이 세계 1위라고 하는 것만 보아도 얼마나 많은 사람이 비참한 노후 생활을 보내고 있는지 알 수 있다.

그중에 한 가지 예로 2019년에 있었던 일이다. 인천시 중구에 홀로 살고 계시던 90세 노인이 사망한 채로 발견됐다는 기사가 났었다. 그 노인은 저소득층에게 지급되는 생활지원금으로 난청과 고혈압, 당뇨 등의 치료를 받으며 근근이 생계를 이어왔었다고 한다. 그런데 슬하에 다섯 명이나 되는 아들이 있다는 이유로 기초생활수급자 대상에서 탈락되어 생활비를 지원받지 못하게 되었다고 한다. 그러나 자식들은 아무도 어머니를 부양扶養하지 않았고. 국가로부터 지급되던 지원금마저 끊어져서 난방조차 못 하고 추위와 굶주림 속에서 견디지 못하여 결국 세상을 떠나셨다고 한다.

우리나라는 예로부터 부모에게 효도하고 어른을 공경하는 것을 미덕으로 여겨왔다. 그런데 최근 조사에 의하면 요즘은 자식들이 부모님을 부양하겠다는 사람은 드물고 재산 상속에 대한 욕심은 극에 달하고 있다고 한다. 그리고 젊은이들이 노인을 공경하기는커녕 무능한 존재로 인식하고, 괜히 잔소리나 하는 수구 꼴통으로 생각한다는 것이다.

오래 사는 것을 축복이라고 말하지만, 자식들에게 짐이 될 정도의 병이 들면 대부분 '현대판 고려장高麗葬'이라고 하는 노인 요양시설로 가게 된다. 자신의 뜻과 상관없이 억지로 입소한 경우, 자식들과 손주들이 보고 싶고, 오랜 세월 정들었던 집에 가고 싶어 탈출을 시도하기도 한다고 한다.

이처럼 장수한 노인들의 생활 실태를 보면 얼마나 오래 사느냐보다는 얼마나 건강하고 행복하게 살아가느냐가 중요하다는 것을 새삼 깨닫게 된다. 사람이 늙으면 신체 기능이 떨어지는 것은 어쩔 수 없는 일이지만, 나이에 맞는 역할을 하며 품위를 지키고 독립적으로 당당히 살아갈 수 있을 때 진정한 삶이 되고, 유효기간이 된다는 생각을 하게 된다.

글을 쓰다가 잘 풀리지 않아 보온병에서 차를 한 잔 따라 마신다. 보온병 속에 향기로운 차가 얼마나 남아 있는지 정확히 알 수 없듯이, 앞으로 내가 사용할 수 있는 세월의 잔고가 얼마나 될지 알 수 없다. 다만 어림잡아 짐작해 볼 뿐이다.

지난날 시민대학에서 수강할 때 어느 지도교수께서 인생을 살아가는 것이 아니라, 스스로 살아내는 것이라고 했다. 아마도 이 말은 인내와 끈기, 피나는 노력으로 미래를 만들어 간다는 뜻이 아닐까 싶다. 인생이란 저마다 살아가는 태도에 따라 삶의 질이 달라지기 때문이다.

그런 의미에서 나도 늙었다고 쓸모없는 잉여인간 취급받지 않도록, 뜻있고 보람 있는 노년을 만들어 가는 일에 최선을 다해야겠다. 사람의 인품은 후천적 환경 속에서 만들어지고, 세상은 자기관리를 위한 훈련이 잘된 사람을 배척排斥하지 않기 때문이다.

노인들의 대부분이 질병이나 죽음보다 더 두려운 것이 외로움이라고 한다. 혼자 있어도 외롭지 않도록 나에게 맞는 취미활동을 하는 것이 좋을 것 같다. 몸은 늙어도 생각은 녹슬지 않으니 체력에 부담을 주지 않는 범위 내에서 생각을 발전시켜가는 것이 인생의 유통기간을 늘려가는 하나의 방법이 되지 않을까 하는 생각을 잠시 해봤다.

인생의 유효기간은 신의 영역이니 하늘에 맡기고, 하루하루 의미 있는 삶을 통해 유통기간을 늘리는 데 최선을 다하고자 한다. 유통기간이 끝나는 순간! 존재의 의미를 상실하기 때문이다.

김상환 | 『월간문학』 수필부문 신인상(2006년), 『월간문학』 시조부문 신인상(2020년). 수상 : 경북일보 문학대전(수필 부문), KT&G복지재단 문학상(시 부문), 매일신문 시니어 문학상(시조 부문), 브레이크 뉴스 문학예술상(시 부문), 타고르 탄신 기념 문학상(수필 부문), 중구문예 문학상(수필 부문), 샘터사 샘터상(생활수기 부문), 매일신문 시니어 문학상(논픽션 부문), 대표에세이 문학상(작품집). 저서 : 수필집 『쉼표는 느낌표를 부른다』 『선인장의 가시』, 자서전 『한숨은 여유이고 눈물은 사치다』.

그 노새는 장님이었다

김경순

　　나라와 나라를 경계 짓는 공간, 사람들이 서성인다. 어떤 이는 차 안에서 또 어떤 이는 길에서 각자의 방법으로 시간을 기다린다. 불가리아 여행 6일 차, 우리는 오늘 루마니아로 넘어간다. 엊저녁은 불가리아의 흑해 연안인 바르나에서 묵었다. 멋진 수영장이 딸린 호텔이었음에도 몸 한 번 담그지 못한 게 못내 아쉽다. 그나마 오늘 밤도 나라는 다르지만 루마니아의 콘스탄차라는 지역의 흑해 연안의 호텔이라는 데 위안을 삼는다.

　　국경을 향해 달리는 동안 비가 억수같이 퍼부었다. 세차게 내리치는 빗줄기를 보면서도 불안함보다는 낯선 길에 대한 이상한 감흥에 사로잡혔다. 어렵지 않게 보이던 길섶 자귀나무가 정겹게 느껴진다. '자귀나무'는 '야합수夜合樹'라고도 부른다. 서로 마주한 잎사귀가 밤에는 닫히는 것을 보고 사이좋은 남녀의 사이를 연상시켜서라니 참으로 요염한 나무라는 생각이 든다. 그렇게 국경을 향해 가는 버스가 한적한 길을 달려가는 동안 잠에 취한 회원이 대부분이었다. 하지만 나는 잠은

커녕 정신이 더 또렷해져 갔다. 시간은 그리 늦은 시간이 아니었음에
도 비가 오는 탓인지 사위가 어둡다.

그렇게 내가 혼자만의 세계에 빠져 이국의 풍경에 넋을 잃고 있을
때였다. 통로를 사이에 두고 바로 옆에 앉아 계시던 노교수님이 내 앞
으로 책 한 권을 불쑥 내미셨다. 큰 소리로 읽어보라며 펼쳐 준 곳에는
「노새 이야기」라는 글이 보였다.

> 태양 아래 그 노새는 서 있었다. 우리가 발굴을 마치고 숙소로 돌아
> 오는 것은 대개 정오 무렵. 노천의 해는 달아오를 대로 달아올라 목화
> 밭 가장자리에 끝도 없이 열을 지어 서 있던 해바라기도 축축 처지는
> 데,(…)그 녀석은 마침내 우리를 태우고 지나가는 차를 향해 달려오
> 다가 치이고 말았다. 다리를 다치고 태양 아래 널브러져 피를 흘렸다.
> 마을 사람들이 달려와서 우리에게 알려 주었다. 그 녀석이 장님이라
> 는 것을.

허수경 작가의 『그대는 할 말을 어디에 두고 왔는가』라는 책에 나와
있던 작품이었다. 글을 다 읽은 나는 잠시 동안 말을 잃고 말았다. 이
상했다. 이국땅을 달리는 차 안에서 오롯이 내 목소리만이, 모든 소리
를 잠재우고 울려 퍼졌다는 생각에서일까. 아니면 그 노새가 차에 치
인 이유가 너무도 황당해서, 그도 아니면 노새의 사연이 가슴이 아파
서일까. 더 이상했던 것은 가슴에서 무언가 뭉클 올라오더니 가슴이
막 뛰기 시작했다는 것이다. 그때 차창 밖은 비가 멈추고 끝없이 펼쳐
진 해바라기 밭 너머로 태양이 붉게 물을 들이고 있었다. 묘하게도 책

속의 문장들과 차창 밖의 풍경들, 침묵이 흐르던 버스 안의 분위기, 그 모두가 그동안 느껴보지 못했던 생경함이었다. 아마도 그건 이국땅이었기에 가능한 그 무엇이었지 않았을까.

세 시간여를 국경에서 머무르던 차가 다시 조금씩 움직이기 시작했다. 백야 현상의 영향인지 이곳은 밤 9시가 되어도 환하다. 9시를 훌쩍 넘겨서일까. 밖은 어느새 어둑어둑해지고 있었다. 이 시간을 프랑스에서는 개와 늑대의 시간이라고 했던가. 빛과 어둠의 경계가 되는 모호한 시간이다. 지금부터는 루마니아다. 휙휙 지나가는 풍경들이 어둠속에서 손짓을 한다. 아무리 눈을 크게 떠도 이제는 밖의 모습이 흐릿할 뿐이다. 간간이 나오는 작은 마을을 지나면 빛이 보였다 다시 사라진다. 지난밤에 보았던 흑해와 오늘 밤에 머물 흑해는 다를까. 이런저런 생각에 밖의 풍경도 점점 흐려지고 있었다.

루마니아의 흑해 연안에 자리 잡았다는 우리가 머물 호텔은 세찬 바람이 먼저 맞아 주었다. 그 밤, 우리 숙소와 잇대어진 난간에서 갈매기 한 마리가 밤새 고성을 지르며 서성였다. 할 수 없이 나도 갈매기의 하소연을 듣느라 밤을 지새우고 말았다. 혹시 그 갈매기도 차를 향해 달려오다 치이고 만 노새처럼 장님은 아니었을까?

김경순 │『월간문학』수필 등단. 수상 : 충북여성 문학상, 대표에세이 문학상. 저서 : 수필집 『달팽이 소리지르다』『돌부리에 걸채여 본 사람은 안다』『애인이 되었다』. 한국문인협회 회원, 음성문인협회 회원, 음성수필문학회 회원, 충북 수필문학회 회원. 대표에세이문학회 회장 역임. 한국 교통대학교 문학석사 현대소설 전공. 現 한국 교통대학교 대학교육혁신원 글쓰기 강사. 現 평화제작소 교육 센터 글쓰기 강의. 충청타임즈, 음성신문, 충북일보 수필 연재 중.

나의 하루

허해순

    올해 첫 시작은 갤러리 소공헌 전시 관람이었다. 전이린 작가의 '동일한 하루' 개인전이다. 작가는 하루의 경계를 하나의 작품이 완성되었을 때로 정하고, '나의 하루'라고 부르며, 매일 하루를 완성하기 위해 점을 찍는 작업을 한다. 작가의 작품 한 점은 기쁨과 슬픔 그리고 아픔들을 모두 아우르는 완성된 하루이고 그 하루들은 동일하다고 한다. 60개의 하루를 완성했다는 작가는 비어있는 종이 위에 격자 형식의 무늬를 만들고 그 안에 작은 점들로 채우는 방식이며 5.5mm 점 하나를 그리는 데 15초쯤 걸린다고 한다. 그렇다고 1분에 4개가 그려지는 건 아니다. 점과 점 사이에는 깊거나 얇은 시간의 주름이 있다고 한다. 그 주름들의 깊이가 몇 개의 점이 그려질지를 결정하는데 늘 불규칙하고 예측할 수 없고 운동성이 있다고 한다.

    전시실 계단을 내려가며 첫 작품을 맞이하면서부터 눈물이 쏟아졌다. 큰 화폭에 촘촘하게 채워져 있는 그 많은 점이 움직여서 다 내 안으로 훅 들어왔다. 그 점들은 작가가 하루를 완성하기 위해 작업실에서 보낸 시간이고 땀이다. 좌표를 찍기 전에는 위치도 없고 부피나 무게감이 없는 점이지만 선과 면은 점이 움직여서 만든 자취이자 집합이듯 주부라는 역할도 그렇다. 기쁨과 슬픔과 아픔을 아우르며 자유롭고 아름다운 하루를 완성하기 위해 자신의 시간과 노동을 바친 결과물에서 나는 '나의 하루'를 보았고, 그것은 슬픔이나 위로가 아닌 나를 찌른 '푼크툼'이다.

수술 대기실, 그 막간에 내 인생에서 가장 중요한 것이 무엇인지 깨달았다. 내 경력과 가능성을 놓아버리고 선택한 결혼이었고 남편은 내게 아이들만큼이나 절대적 존재였는데, 그 찰나의 순간에 내게 가장 중요한 존재가 뚜렷해졌다. 세 살, 네 살 남매는 내가 살아야 할 이유였다. 내 육신과 영혼은 사후 남겨질 내 새끼들의 불쌍해질 삶에 대한 공포로 마취조차 잘 안 되었다. 이름과 나이를 묻고 주사를 놓으며 열까지 세라던 전공의가 내가 또렷한 정신으로 "열"이라고 말하는 순간 어이없어하던 그 표정을 잊을 수 없다.

병실 내 침대에 31세 허해순 여 C라는 명패를 보고 나이가 아깝다면서 수군거리다가 이내 아이가 몇 명이냐고 물어오면 대답보다 먼저 눈물이 나왔다. 버튼을 누르면 쏟아지는 물처럼 그렇게 눈물이 흘러내렸다. 조직 배양 후 원자력병원 백남선 박사는 수술로 제거했어도 남은 조직에서 암으로 변이될 가능성이 있다면서 아무튼 천운이라며 축하해줬다. 그때야 비로소 환자들이 보낸 성탄 카드와 연하장으로 꽉 찬

진료실 풍경이 내 눈에 들어왔다.

내가 병원에 있는 동안, 딸은 친정에 맡겼고 시어머니와 지낸 아들은 그 기간에 엄마라는 무게감을 확실하게 입증했다. 평소 공중목욕탕에 들어서자마자 진열대 문부터 열고 바나나 우유를 꺼내는데 눈길도 주지 않았고, 돌아오는 길에는 집 앞 상가에 먼저 뛰어가 아이스크림부터 고르는데 그냥 고개를 푹 숙인 채 현관문을 향해 직진했다고 한다. 놀이터에 있는 아이들 부르는 내 소리와 활발하게 오르내리는 아이들로 아파트에 생기가 넘쳤는데 적막강산 같았다는 이웃들. 평소 계단을 오르다 다리가 아파서 쉬었다 가려고 한다며 아래층 현관 벨을 망설임 없이 누르는 아들이다. 힘없이 처진 어깨로 계단을 오르내리는 모습이 안쓰러웠다며 누나랑 함께 지내는 편이 더 나았다고 입을 모은다. 종일 제 할머니 흔들의자에 앉아 창밖을 보다가 밖을 향해 "엄마" 하고 큰 소리로 불렀다고 한다.

시어머니와 남편의 반대가 극심했어도 애들이 취학하면 직장에 나가려고 했었는데, 접었다. 그리고 지금 이 순간, 나에게 가장 중요한 게 무엇인지 생각하며 산다. 삼십 년이 넘게 쉬는 날 없이 시어머니 시간 밥을 챙기며 집안 행사를 치르고 아이들 키우는 데 온 힘을 기울였다. 제철 재료로 반찬과 간식과 저장 식품을 만들었다. 주부와 엄마 그리고 아내와 며느리로 최선을 다하며 살았다. '다시 태어난다면' 주제로 문우들끼리 소책자를 만들 때, 인생을 꿈꾸듯 살 수 없기에 나는 다시 태어나고 싶지 않다고 했다. 그래도 다시 태어난다면 '그냥 또 이렇게 살기로 했다'라고 썼다. 나는 이번 생에서 고생도 하고 힘이 들었지만 중요하다고 생각하는 것을 우선으로 최선을 다했기 때문에 여한이 없다. 부나 권력의 최정점도 부럽지 않고 어떤 분야에서나 최선을 다해 살아가는 삶이 빛나고 아름답게 생각된다. 나는 나의 하루에 만족한다.

허해순 |『월간문학』 수필 등단(2008년). 수상 : 제6회 한국문학인상 수상(수필「맛타령」). 저서 : 수필집 『담장을 허무는 사람들(공저)』『生.푸른 불빛(공저)』외 다수. 한국문인협회. 대표에세이문학회. 미래수필문학회 회원. 전북대 사범대 졸업. E-mail : nobleher@hanmail.net

내가 노을로 질 때

허문정

마을 뒤쪽으로 오르막이 심하지 않은 야산이 있다. 비탈진 농로를 따라 걷다 보면 모 성씨 문중묘지가 나온다. 번창한 집안임을 입증이라도 하듯, 양지바르고 넓은 터에 잔디를 가득 심고 커다란 상석과 비석은 물론 문인석까지 세웠다. 사철 푸른 측백나무 울타리에 무덤을 밝히는 배롱나무와 철쭉까지 웬만한 집 정원보다 낫다. 잘 관리되고 있는 걸 보면 행세깨나 하는 집안 같다. 후손을 잘 둔 덕이기도 하지만 생전에 복을 많이 지은 모양이다.

문중묘지를 지나 오솔길을 따라 조금만 더 걸어 올라가면 대나무 숲이 나오고, 그 왼편 참나무 숲에는 봉분이 낮게 내려앉은 무덤 한 기가 있다. 가랑잎과 잡풀로 덮여 있어 무덤인 줄 모르고 지나치기 십상이다. 사람의 손길 닿은 지 오래된 무덤가에 머무는 것은 바람뿐, 앞선 문중묘지에 비하면 너무나 초라하다. 육신을 빠져나온 영혼이 들꽃 한 송이 피어나지 않는 자신의 무덤을 내려다보며 무슨 생각을 할까.

그늘진 참나무 숲에서 한없이 쓸쓸하겠다.

살아서나 죽어서나 강자와 약자, 가진 자와 없는 자의 존재감은 확연히 차이 난다. 외진 이곳은 마을 어른들은 물론이고 간혹 타지에서 돌아가신 분들이 고향 땅에 묻히겠다고 찾아드는데, 있는 사람들은 마을에 기부하거나 인사치레하고 수월히 묘를 쓰는 반면, 없는 사람들은 실랑이를 벌이다 소송에 휘말리기도 한다. 애석함에 정중히 장례를 치르고 망자와 교감하고 싶은 마음은 한결같겠지만 현실은 간극이 크다.

세상을 떠난 이의 흔적을 무덤으로 남기는 사람들. 하나 생명 있는 것들은 죽으면 흙이 되고 제아무리 권력자라 하더라도 금세 잊는다. 있는 자나 없는 자나 자연 앞에는 미약한 존재, 죽어서 사는 집이 호화로워 봐야 무슨 소용이며 또한 없으면 어떤가. 결국은 산 자들을 위한 위안일 텐데.

무명 글쟁이에 전업주부인 나의 사후는 어떨지 궁금하다. 안 보여도 찾는 사람 없고, 나 없이도 세상은 잘 돌아간다. 내 존재감은 눈에 보이지 않으면 끝이다. 가족을 위한 헌신과 봉사가 헛되지는 않지만, 권위적이고 보수적인 집안에 순종하다 보니 내가 묻혔다. 늘 존중받지 못하는 섭섭함이 크지만 마찰이 두려워 통 크게 대들지도, 나서지도 못한다. 맵찬 시어머니 눈치에 시댁 대소사는 꼬박꼬박 챙기면서도 친정 행사는 뒷전이다. 사십여 년간 제사를 모시면서도 간소화하자는 말을 못 했다.

차례상, 제사상을 받은 조상님들이 후한 상을 주는 것도 아니어서 제사 모시기는 늘 무거운 짐이고 스트레스다. 우리나라도 '핼러윈 데이'나 '죽은 자들의 날'처럼 축제의 날로 지정될 날 있으려나?

나는 자존감이 낮아 밖에 나가서도 열등감에 꼬리를 내리게 된다. 잘난 척, 있는 척, 센 척, 약삭빠른… 별별 사람들도 많고 개중個中에 더러는 나를 무시하고, 못 본 체도 하지만, 물에 물 탄 듯, 술에 술 탄 듯 부대끼기 싫어 적당히 넘어간다. 남을 배려하느라 지나친 겸손으로 스스로를 옥죄기도 한다. 언제부터였을까. 나를 도드라지게 드러내지 못하고 길들여진 게. 이제부터라도 주눅 든 나를 일으켜 세워 사랑하고 격려해야겠다. 사소함도 눈 밝게 보는 지혜를 갖추리라. 누가 내 삶을 간섭하랴.

세상 부러울 게 없어 보이는 사람들도 숨겨진 눈물이 있고, 순간에 무너지기 일쑤다. 당당한 존재감도 남다른 노력과 열정으로 쌓아 올린 것이니 마냥 부러워하거나 샘낼 일도 아니다. 명예도 부도 권세도 영원하지 않으니 무너지는 날에는 허무감이 곱절은 클 것이다. 돌이켜보니 존재감이 없는 것은 남보다 뜨겁게 살지 못한 결과다. 착한 사람 콤플렉스에서 벗어나지 못한 점도 있다.

삶을 축제라 할 사람 몇이나 될까. 미망 속을 헤매다 보니 어느덧 죽음이란 단어가 낯설지 않다. 내게 주어진 시간은 유한하고, 앞으로 살날이 살아온 날보다 턱없이 부족하다. 어찌해야 서글픈 소멸이 되지 않을까. 망자를 기억하는 한 살아있는 것으로, 심적 이별까지를 존재의 시간으로 여기는 인디언 부족도 있다지만, 내 생각으로는 살아있는 동안까지가 존재의 시간이다. 죽음이 다가오면 작고하신 어느 석학처럼 저승에 대한 호기심으로 환희롭게 허공을 응시하다 갈 수 있으면 좋겠다. 두려움 대신 존재의 시간 너머 내 영혼이 얼마나 더 높이, 더 멀리 날아오를지 호기심과 궁금증으로 맞이하고 싶다. 주어진 삶을 충실히 살아낸 사람만이 할 수 있는 소망이요, 비움이리라.

허물 많은 생, 내생來生은 도깨비방망이 하나 들고 화려한 부활을 꿈꿔볼까. 지난날을 반복하거나 재현하고 싶지 않다. 비록 존재감 없이 살았을지언정 내가 노을로 질 때 누군가가 붉은 꽃 한 송이, 맑은 차 한 잔 마련해주면 족하겠다. 좋은 추억 한 사발 풀어놓으면 더 흡족하겠다. 마무리는 봉분 없이 육신은 물론 영혼마저 거두어 가는 완전한 소멸을 이룬 후, 사후의 생으로 건너가고 싶다.

허문정 |『월간문학』수필 등단(2009년),『시와 사람』시 등단. 저서 : 시집『어린 애인』, 수필집『눈썹을 밀며』. 광주문인협회, 대표에세이문학회, 시와사람 시학회 회원.

불이선란도
- 추사 김정희께 드리는 한지의 말

김진진

우리가 머물렀던 시간의 그림자가 어두워지기 전에 기억의 조각들을 떠올려 봅니다. 한 줌 햇살이 당신의 옷소매를 건너와 눈썹 그늘 밑을 비추었을 때를 말이지요. 그 한순간 나를 향해 돌아본 얼굴 위에 첩첩의 언어들이 고이던 것을 생각합니다. 빛바랜 세월을 달음질 쳐와 그때 비로소 손 한번 잡아 보았다고 할까요. 그것은 이울 대로 이운 내 속을 마저 퍼내고 난 뒤 고즈넉이 맞이하던 달빛 울음 같은 것이었을 테지요. 눈물 자국마저 사라질 즈음이면 명치끝에 실낱같은 한숨만 걸려 있곤 했답니다. 그마저도 스러지고 난 뒤 방 안 가득 번지던 묵향과 긴 침묵 또한 설렘이었지요. 이루지 못한 것들이 심중에 넘치다 서서히 잦아들기 시작하면 비로소 심호흡을 삼키는 셈이었습니다.

고요 속을 건너온 다짐 뒤에 거친 듯 다감하게 스치던 당신의 첫 발자국들을 기억합니다. 동편 햇살에 온화하게 물든 문인석처럼 가만히 내려앉아 오랜 경지를 풀어낼 때의 솜씨를 무어라 표현해야 할까요.

바람을 가르는 방패연의 얼레를 감았다 풀고 감았다 풀 듯, 적절한 기운과 담백한 조화 속을 뉘라서 거닐어 보겠는지요. 그대와 내가 함께 숨 쉴 때면 질박한 솜씨가 서로 맞물려 돌아가는 물레처럼 절로 아귀가 맞아떨어졌습니다. 오랜 기다림이 수고가 아니었음을 빙긋이 웃음 짓곤 할 수밖에요. 그러니 때아닌 장단이 절로 솟아 사박사박 풀어헤치는 일필휘지를 단숨에 받아내었던 겁니다.

알 수 없는 고아함이 봉덕사 종소리처럼 내게로 퍼지던 때의 울림이 지금도 생생합니다. 한 끝 한 끝 갈필 사이로 흐르는 흐뭇한 향기를 당신은 모르실 겁니다. 신명을 엿보는 자의 즐거움이란 감탄을 누르는 곳에 고여 드는 법이니까요. 버거운 것들을 벗어던진 그대 얼굴은 그저 하나의 자연일 뿐이었지요. 연년세세 쌓아온 내공이 내 몸 위에서 춤출 때의 신묘함이란 기막힌 어울림이었으니까요.

맑고 여린 선들이 중심을 뻗어 오를 때의 힘찬 맥박과 알맞은 휘저음, 여리게 가로지를 때의 부드러움과 짧게 흘러내릴 때의 단호함, 왼편과 오른편을 퉁길 때의 자유로움과 사정없이 박차고 나갈 때의 통명스러움, 제멋대로의 알 수 없는 불친절과 자만심이 뒤엉킨 쾌활함, 그것들의 화음을 곧장 파악할 줄 아는 예민함과 섬세함, 세상의 잡다한 시선을 아랑곳하지 않는 담대함과 예전 그대로의 천진난만함, 묵중한 배포가 흘러넘치는 아리따운 선율을 어이 마다하겠습니까. 모든 것이 엇박자로 뒤섞인 한바탕의 힘겨루기였지요. 그 모두가 당신이 내게 새겨놓은 글자들의 전부인 걸 어찌하겠습니까.

초당에 한 자락 바람이 스치면 잠시 숨을 고르던 그대를 떠올립니다. 못물이 맑다고 한들 세월을 걸어 두었던 섬 집 울안의 참담한 기운까지 걸러주기야 했겠습니까. 본디 말하기 좋아하는 이들이 구차한 제 삶의 방식을 꾸려나가는 방편이 그러했거니 담아둘 뿐이지요. 야멸찬 쓰라림 속에서 허황한 기대를 몰아내던 삭풍의 순간들을 돌이키고 싶지는 않습니다. 그 시간들이 우리의 만남을 빈번하게 해주었다 해도 차고 메마른 한때의 굴레를 타고 도는 건 차마 할 짓이 아니니까요.

상적尙迪이 마련한 진득한 배려가 아니었다면 지나친 호젓함이 길고 긴 병통이 되었을 겁니다. 세상인심 오동지 설한풍 속에서도 발이 바르면 신발이 비틀어지지 않음을 보여준 참된 사나이가 존경스럽습니다. 이국땅을 헤매 돌면서도 고뇌의 밤들을 지새우는 그대를 생각함이 갸륵하더이다. 그런 훈훈함 마저 없었다면 장대 끝에서 십삼 년을 나는 것이 오죽했겠습니까. 눅눅함이 웃자랄 때마다 방점을 찍어준 그가 시원한 징검다리였음을 오래도록 담아두어야 하겠지요. 그런 그가 곁에 있었음은 천운이 아니고 무엇이겠습니까. 저물지 않는 인간의 향기란 바로 그런 것이겠지요.

하늘빛이 이리도 맑은 날, 오랜만에 난을 치는 모습을 대하니 예전의 울적함을 모두 떨친 듯하여 기쁘기 한량없습니다. 날아오를 듯 경쾌한 붓의 흐름이 살아있음의 증거인 양 반갑기만 합니다. 번잡스러움을 떨치고 호방하게 펼쳐지는 기백이 온갖 헛됨을 몰아내고 있으니 말입니다. 오소산吳小山이 이를 알아보았다는 것이 우스운 일만은 아니

올시다. 난을 그리는 것과 참선을 수행하는 것이 결국 하나라는 참뜻을 몰랐다 한들 무에 그리 대수이겠습니까.

어둠이 반쯤 창살을 물들이는 시간이면 종종 그대의 안색을 살피게 됩니다. 반월처럼 휘어진 눈가에 묵묵한 대화가 그리워집니다. 고요한 한낮의 기운이 적적하게 이어지지 않도록 쓰윽 쓱 옮겨가는 당찬 붓끝이 기다려지니까요. 마침내 갈필이 내리는 힘과 무심히 지나는 바람 소리가 쌍벽을 이루어 냅니다. 강건하게 내리쏟는 의지와 사무침이 맞물린 사이로 우리의 영혼이 흐를 만한 자국들이 새겨집니다. 끝내 빛살처럼 퍼지는 문자향서권기文字香書卷氣를 발견합니다.

상서로움이 멀리 있음을 모르는 것이 득인지 실인지 그것은 잘 모르겠습니다. 다만 좋은 자질을 갖춘 그대가 그만한 소양과 재주를 품고도 너른 세상과 한바탕 견주지 못하였음을 내내 가슴 아파할 따름입니다. 참된 보상은 멀리 있고 그것이 그대를 비껴가기도 했음이 애석한 일이지요. 정도에 어긋나지 않아도 풍랑이 일 때는 파도를 뒤집어쓰는 것 아니겠습니까.

사나운 인심 속에서도 흔들림 없이 고요를 이룬 경지가 고맙기만 합니다. 끓어 넘치는 세월을 곰삭히고 그 안에서 길어 올린 차디찬 마디마디가 새롭기만 합니다. 그 속에 응결된 혼신의 가락들이 못내 자랑스럽습니다. 인고의 시간은 흩어짐 없이 남아있고 떠도는 이야기는 아직도 무수하게 회자되고 있지요. 살아낸 자의 간결함 속을 지나는 살고 있는 자들의 소란함이 잠시 얼굴을 붉히게 만듭니다.

누군가 객쩍은 말을 하여도 무심해지는 오늘입니다. 바랄 것 없는 세상이라고 해도 시간의 두께로 남겨진 자취를 거두기는 어려울 테지요. 후세 사람들이 깊고 얕음을 안다면 그대의 향기를 절로 읽게 될 테니 말입니다. 다만 소리가 없는 말과 말하지 않는 말 속에 그 뜻을 알아챌 이가 몇이나 있으려는지 안타까움만 남습니다. 그대가 나를 떠나기 전에 그대와 나 사이에 고이던 시간들이 영원으로 남게 되었음은 큰 축복입니다. 계절과 바람이 떠도는 이곳에 이제 묵언默言만이 걸려 있습니다.

김진진 | 『월간문학』 수필 등단(2011년). 수상 : 동서문학상, 대표에세이문학상, 경북일보 문학대전, 제16회 원종린수필문학상 작품상, 환경부장관상패 전국여성환경백일장 장원 등. 저서 : 소설 『오래된 기억』, 수필집 『어느 하루, 꼭두서니 빛』 『나에게로 온 날들(공저)』 『나는 □이다(공저)』 『生, 푸른 불빛(공저)』 외. 가곡 : 〈그대와 나〉 〈그대의 뒷모습〉 작시. 한국문인협회, 대표에세이문학회 회원.

하늘눈

원수연

　류 대리님의 이야기를 하려고 합니다. 은행이었지요. 직원
들은 한 삼사십여 명 될까 했지요. 70년대 중반의 은행의 총수 신고
도 3~40억 정도였으니 참으로 오순도순한 시절이었지요. 공주 지점
엔 여직원들의 미모가 출중해 타지점보다 고객님들한테서 사랑도 많
이 받기도 했지요. 퇴근하는 길이면 곧장 집으로 가는 길이 서운했을
까요. 또래의 직원들이 많아 남자 직원, 여자 직원들하고 저녁내기 탁
구도 많이 치러 다녔지요. 그때는 야근하는 날이 잦았지요. 지점에 현
금이 많으면 돈을 풀어 사용할 수 있는 돈과 폐기될 돈을 가려내 다
시 헤아려 띠지로 묶어 한국은행에 재예치를 해야 했거든요. 돈을 가
려내는 작업이 매일이다 싶으니 울며 겨자 먹기식으로 야근해야 했어
요. 야근에 꾀가 날쯤은 직속 상사인 류 대리님 몰래 도망치기도 했지
요. 그러면 영락없이 '아무개 야근 안 하고 일찍 도망침' 수첩에다 메
모를 했지만 크게 효력을 발휘한 적은 한 번도 없지요. 눈도 크고 악의

없는 순수 그 자체의 미스터 류, 류 대리님이었지요.

　류 대리님은 지점의 금고를 담당하는 대리님이었기에 은행에서의 업무의 비중이 컸지요. 어느 날 짓궂은 다른 부서의 대리님 한 분이 류 대리님을 시험에 들게 한 사건이었어요. 심성 좋은 류 대리님이 걸려들기 딱 좋은 케이스였답니다. 지점장님이 외부에 나갔다 곧장 퇴근하려면 출납 담당 대리에게 전화하는 거야 당연한 일이죠. 그날 일이 잘 마무리되려면 출납을 통해 차, 대변 숫자가 맞아야 되고 제일 중요한 금고의 돈도 일 원까지 맞아야 되기 때문에 매우 중요한 업무이지요. 참, 그리고 생각해보니 까마득한 옛이야기네요. 간혹 지나가는 장사치들이 은행직원들에게 물건을 팔려고 들어오기도 했었어요. 어떻게 해서든 물건을 팔기 위해 은행에 들어와 출납직원을 얕보는 장사치도 있었어요. 어림없는 수작이었지요. "당신 돈은 얼마나 되냐, 은행에 돈은 많지만 이 물건을 살 돈은 너는 가지고 있느냐." 하며 출납직원을 조롱하던 장사치들이었어요. 류 대리님 그때마다 유순하게 그들을 대했고 그들은 무안하게 뒷걸음질로 은행을 나갔지요.

　그날이 그날이고 평온하게 이어지는 일상이었지요. 하루는 다른 부서의 대리님이 지점장님의 목소리를 흉내를 내고 구내전화로 잘 마무리 하고 퇴근하라고 했지요. 하늘눈이 맑은 류 대리님 의심할 여지가 없이 잘 알겠다고 정중히 전화를 받으셨겠지요. 몇 번을 골탕 먹여도 얼굴만 시뻘게질 뿐 그때그때 순종을 하셨지요. 지점장실로 무슨, 무슨 서류를 해오라 해도 의심 한 번 안 하고 서류를 준비해 지점장실로 향했지요. 그렇게 골탕 먹은 류 대리님 뿔날 만도 하지요. 하지만 매번 웃음으로 넘겨버린 일이었지요. 그런 류 대리님이 더 이상은 안 속아 넘어간다고 결심하셨는지 전화를 받은 류 대리님, 나 지점장이라고 몇 번을 이야기해도 '야 이놈아, 오늘은 안 속는다.' 하면서 전화를 끊어버렸지요. 사실은 지점장님이 전화를 하신 거거든요. 그리고 중요한 지시였는데 끝까지 우기면서 그만 까불라고 전화가 오면 끊어 버렸지요. 지점장님 화가 머리끝까지 나자 은행으로 달려오셔서 류 대리님을 불렀지요. 어떻게 됐냐고요? 류 대리님 얼굴이 뻘겋게 달아오른 상태로 지점장님 화가 풀릴 때까지 잘못했다고 싹싹 빌었답니다. 그 뒤로 전화로 류 대리님을 골탕 먹일 일은 하지 않았고 무탈하게 지내게 되었지요. 하늘눈, 마음의 눈으로 늘 성실히 근무하며 동료들을 대하던 류 대리님. 종종 골탕 먹기도 하고 까칠한 여직원들한테 조금은 무시 당하기도 했지만, 언제나 긍정적이고 유순해서 근무하기가 편했던 참 그리운 시절 이야기네요. 류 대리님, 류 대리님이 사준, 처음 먹어본 그때의 소갈비 맛은 지금도 잊히지 않는 맛이랍니다. 마음의 눈이 맑아 손해 보는 일에도 늘 웃어넘기던 순진무구한 류 대리님, 시간이 감쪽같이 흐른 지금 새삼 인사 여쭙네요. 여전히 평안하시지요?

원수연 |『월간문학』등단(2012년). 수상 : 대표에세이문학상, 제6회 부천신인문학상, 동서문학상. 한국문인협회, 한국문인협회 부천지부, 대표에세이문학회 회원.

존재 찾기

전영구

어디로 가는지 애초에 정해 놓지는 않았다. 자신도 모르게 나선 길이다. 그보다는 술기운이 등을 떠밀어 아무런 생각도 없이 걸음을 옮기는 중이다. 간간이 불어오는 후덥지근한 바람이 거슬리기는 해도 간섭 받지 않는 시간이 잠시나마 홀가분함을 느끼게 한다. 요 며칠 사이 이유도 모른 채 다시 도진 무력함을 풀어 보려는 노력은커녕, 자신의 탓보다는 짜증뿐인 자신의 눈에 거슬린다는 이기적이고 몹쓸 판단을 앞세워 식솔들을 대하다가 돌아서면 금방 후회하고는 한다. 직장을 다니며 피곤하다는 푸념이 부쩍 잦아진 아내에게는 그럴 거면 그만두라며 마음에도 없는 대꾸를 하니 안방과 거실 사이는 싸늘한 침묵만이 흐르고 있다. 군대를 제대하고 복학을 해서 나름 과제가 많다는 이유로 귀가가 늦어지는 아들에게도 도둑이 자기 발 저리다고 술 마시다 늦은 거 아니냐며 괜한 참견을 하다 그러지 않아도 냉랭하기만 했던 부자 사이에 찬바람만 오가는 과오로 스스로를 고립시키고 있다. 정신이 들면 반성을 하고 다시 흐트러짐을 반복하는 자신이 싫어 오늘도 술에 힘을 빌려 방향 잃은 걸음을 옮기는 중이다. 젊은 시절에는 모든 일에 당당했던 자신에게 바보스러운 자학을 하며 세파에 흔들리는 중년의 무기력함에 시달린다. 지금 힘없이 내딛는 걸음걸이가 나의 참 모습이 아닌가 싶어 우울감은 극에 달한다.

나이 숫자에 따라 먹어야 하는 약의 개수는 점점 늘어만 가고 늘어가는 수만큼 무너지는 자존감은 자신에 대한 불신만 커져가고 있다. 거기에 불난 집에 기름 붓듯 한다는 표현이 어울릴 만큼 평소 조신하고도 순종적이었던 아내마저 요즘 들어 부쩍 남편이 하는 행동에 딴죽을 거는 것 같은 표현이 농담 반, 진담 반으로 종종 보이는 것조차도 마음이 편치 않은 걸 보면 정신마저 무너져가는 건 아닌지 걱정이 앞선다.

사는 동안 한없는 배려로 남편을 보듬던 천사 날개의 공간이 점점 좁아지는 걸 보고 있노라면 야속한 건 아내가 아니라 자신이 올라탄 방랑의 세월이 돌려준 업보인 탓이다. 아직은 용광로같이 끓는 화만 가슴속에서 식히며 아슬아슬하지만 혼신을 다해 자아를 부추기고 있다. 그러면서도 나약해지는 자신의 모습이 보이면 죄 없는 아내에게 마음속 넋두리를 읊조리고는 한다.

'아내여! 내가 뭘 알겠소. 밤이면 하이에나처럼 술을 찾아 어슬렁거리는 자신이 미워도 그나마 취해야 거친 생각들이 희석되는 가련한 가슴을 지닌 남편을 바라만 봐야 하는 타는 가슴을 모르는 것은 아니요. 잠깐만이라도 이렇게 날 놓아주지 않으면 그나마 잡고 있던 정신 줄마저 놓쳐 버릴까 하는 걱정이 앞선다는 궤변을 늘어놓는 철없음을 이해해 주었으면 좋겠소. 무작정 기대던 아내라는 울타리는 지금까지도 내겐 튼실한 버팀목이었소. 이제는 가끔 들려오는 코골이조차도 웃음으로 받아들일 여유를 찾고 싶을 정도로 가는 시간에 순응하며 성숙해지려 애를 쓰는 중이오. 그러니 인심 쓰는 셈 치고 참고 사는 김에 조금만 더 참아 주시오.'라는 염치없는 부탁을 마음속에 쌓아두는 날이 늘어만 간다.

시간이 흐를수록 세상을 바라볼수록 답답함은 더해 가지만 지금 이대로는 안 된다는 자존심이 오기를 부려 고개 숙인 자존감에 당근과 채찍을 적재적소에 사용할 방법을 쫓기듯 찾다보니 많은 시행착오에 부딪치는 것도 사실이다. 겨우 중년을 넘어선 자리에 서 있다는 위로의 명약과 적당히 자신을 추스를 수 있는 윤활유 역할 정도의 음주 조절만 가능하다면 지금 가던 길에 서서 심호흡을 하고 아무 일도 없었듯이 일상으로 되돌아갈 수 있다. 애초에 정해 놓은 길이 없듯이 굳이 헤매며 갈 이유가 없음을 빨리 깨달아야 한다. 아직은 울타리 역할을 해줄 곳이 있기에 멋쩍은 웃음과 너스레를 장착하고 자신감 충전을 위해 나를 받아 줄 안식처를 향해 방향전환을 해야 한다. 지금 필요한 것은 바라보는 것 모두가, 들리는 것 모두가 마음에 거슬리지 않는 날까지 가는 시간과 몰락 직전의 자존감을 사수하고 안정적인 자아로 돌아갈 수 있는 그런 보통 사람들이 누리는 존재의 본질을 찾아야 한다.

전영구 | 『문학시대』시 등단, 『월간문학』수필 등단. 수상 : 한국수필 작가상, 수원 문학인상, 백봉 문학상, 경기 시인상, 경기 한국수필 작품상, 대표에세이 문학상. 저서 : 시집 『후에』 외 5권, 수필집 『이따금』 외 1권. 사) 한국문인협회 감사 역임. 사) 한국수필가협회원, 경기 시인협회 이사, 경기 한국 수필가협회 부회장, 수원시인협회 이사. 충남 아산 출생.

동행

김기자

영혼이 있나 보다. 멈춰 있는 것 같아도 어느새 가까이 다다라서 내 몸을 흔들며 인식하도록 한다. 움직이는 공간 사이에서 무수한 일들이 일어나고 있다는 사실까지 지긋한 눈으로 내려다볼 뿐 반응은 크게 없다. 손끝에 닿을 수 없는 의미의 존재지만 우리는 그렇게 시간과 밀접한 관계가 되어 살아가고 있다.

저마다의 느낌이 다른 길이까지 지녔다. 어떤 이는 지루하기도 하며 어떤 이는 짧게만 여겨지리라 짐작한다. 그러나 부여된 운명은 거스르기 힘든 부분이 여러모로 있는 편이다. 자기도 모르는 사이에 어쩔 수 없이 그 뒤를 따라가게 된다. 후회와 함께 새로운 마음의 여백을 채우기 노심초사 애쓸 뿐이다.

사람과 같은 생명이 있다. 보이지는 않아도 그 안에서 다양한 사건이 생산되고 세상을 아우르는 오묘함을 지녔다. 고요하면서도 대단히 과학적인 길을 만들어내기도 한다. 그렇게 시간의 실체 앞에서는 아무리 숨어버리고 싶어도 숨을 수 없다는 것을 저절로 알 수가 있다. 하늘 아래 벌거벗은 몸이 되듯 자신에게 먼저 솔직함을 요구해서인지 모른다.

만약 시간이 멈춘다면 어떻게 될까. 삶의 리듬에서 벗어나는 문제가 생겨날 뿐 아니라 미로 속에 헤매는 일들이 무수히 일어나고야 말 것이다. 그리고 내 안에 세포처럼 각인되어 있는 그동안의 기억들은 제자리를 찾느라 분주해질 것이다. 이처럼 멎는다는 것은 새로운 혼란이며 복잡한 상황에 다다를 요소가 불 보듯 뻔히 일어날 줄 안다. 시간과의 필수적인 동행, 그 속에 담긴 보이지 않는 의미는 살아있음을 일깨워주며 무의미함에서 멀어지도록 하니 우리에게 참으로 중요한 몫이 되고 있다.

요즘도 어김없이 새벽이면 나를 깨운다. 어둠을 가르며 미세한 음성으로 일어나라는 신호를 하고 있다. 눈을 비비며 잠자리를 털어낸다. 무릎을 꿇고 기도를 이어가다 보면 밀려오는 신성함에 가슴이 따뜻해지는 것을 느낄 수 있다. 그저 감사하다. 그렇게 하루를 열어가는 첫 시간은 백지 위에 새로운 그림을 그리듯 차분한 자세가 되어 간다.

인생의 언덕에서 오후에 다다랐다고 해도 과언이 아니다. 내 몸부림이 조금씩 부드러워져 간다고나 할까. 고비 고비 넘어온 길에서 한껏 숨 고르기를 하다 보니 저만큼 보이는 것들이 아득하기까지 하다. 날마다 반복되던 깨알 같은 시간이 언제 저렇게 사라졌는지 미련으로 남는다. 이끌린다는 것이 이런 것인가 보다. 이제는 나머지의 날들을 정성껏 아끼고 지난 날들은 되돌아보면서 후회가 적도록 해야겠다는 다짐만 자리를 넓혀 간다.

사람들은 저마다 바쁘다고 아우성친다. 지닌 삶의 시계마저 다양하다. 똑같은 시간에 낮과 밤이 흘러가고 있다는 사실을 돌아보며 살아갈 것이라 짐작한다. 주어진 시간의 질량마저 비슷하다는 것까지 체험할 터이다. 어떤 이는 잘 활용을 하고 어떤 이는 불합리하게 보내기도 할 테지만 결국은 합리화에 이르려 애쓸 줄 믿는다.

인생의 고개에서 조금씩 발걸음을 아래로 향하고 있지만 남은 지점이 아직은 얼마인지 가늠하지 못 한다. 내 뜻과 다를 수가 있기 때문이다. 다만 한 치 앞도 가늠 못할 시간 위에서 좌로나 우로나 살피며 가는 것이 최선의 방법이라 여긴다. 그동안 협곡은 아니었지만 가파른 길도 있었으며 평탄한 길도 있었다 하겠다. 여러 말이 필요치 않다. 현재의 내가 머무는 곳에서 바라본다면 이쯤에 다다른 것도 다행이리라.

회상의 날갯짓이라고 해야 하나. 내게서 흘러간 시간의 무늬들이 하나둘씩 되살아나서는 시야를 당겨주고 있다. 다양한 채색으로 이루어진 물결처럼이다. 빠르기도 하며 느리기도 하고 때로는 고여 있다가도 솟구치는 요동도 있다. 소리가 있는 듯, 없는 듯, 무수한 모양으로 오늘까지 내 곁을 지키고 있다는 사실은 특별한 행운이었다.

시간은 여전히 내 곁에서 제 갈 길을 가고 있다. 보폭을 좁히며 쉼 없이 나도 따라간다. 영혼의 필연한 동행이 된다는 사실을 기쁘게 받아들이고 싶다. 십 년이면 강산도 변하는 것을 보아오던 터이다. 사람도 마찬가지였다. 견고했던 육신의 장막은 조금씩 허물어져 가고 의기마저

소침해지는 것을 피하기 힘든 입장이다. 그러나 가급적 그 생각의 자리를 굳건히 다지고 좋은 방향으로 이끌며 가야겠다고 다짐한다.

　세상의 모든 것은 처음과 나중이 있고 시작과 끝이 있음을 보았다. 이제 가까이에서 나 자신을 관찰한다. 그동안 이해가 부족했던 모든 것에 대해 후회보다는 원만하게 거듭나고 싶은 심정이 가득하다. 연습이 없는 삶의 선상에서 하루하루가 귀하기 그지없다. 온몸을 감싸는 시간에게 고맙다는 말 한마디 느긋하게 건네주고 싶은 순간이다. 멈출 수 없고 손 거둘 수 없는 동행이기에 진지한 눈 맞춤으로 파란 하늘을 올려다본다.

김기자 |『월간문학』등단(2013년). 수상 : 대표에세이 문학상. 저서 : 수필집『초록 껍데기』. 한국문인협회, 대표에세이 문학회 회원. 충주 거주. 충청타임즈「生의 한가운데」수필 연재.

내가 낯설어지는 순간

김영곤

　　째깍째깍 시계 소리를 듣다가 가끔 두려워질 때가 있다. 이
건 무슨 감정일까? 나의 의식이 안팎으로 뒤집힌 기분에 사로잡힌 듯
한 나 자신이 갑자기 낯설어지는 것이다. 내가 진정 나일까? 의심이 중
심이 된다. 지금 시간 앞에 존재하고 있는 것은 너인가, 나인가? 아니
면 상자 같은 사물인가? 네가 나라는 사실이 확실한가? 그런데 내가
나 자신이 아니면 어떡하지? 점점 나를 불안하게 만드는 물음에 휩싸
인다. 지금 내가 온전한 나로 못 돌아가고 이대로 흩어지거나 무너지
면 어떡하나. 상자처럼 바깥으로 던져졌던 내 의식을 부랴부랴 끌어당
긴다. 아무에게도 말하고 싶지 않은, 매우 짧은 순간에 일어나는 사건
이다. 번번이 나를 납치하고 사라지게 하는 범인은 언제나 나였다.

　　최근의 일이다. 다섯 식구인 우리는 너무 정신없이 생활했다. 각자
의 스케줄과 관심사가 갈수록 변화무쌍해지는 탓이다. 그래서 오랜만

에 '오늘 오후 다섯 시'라는 시곗바늘에 겨우 꿰맞춰진 정원이라는 식당에 일제히 모였다. 오붓하게 식사를 하고 나서 카페로 자리를 이동했다.

때마침 넓고도 한적해 보이는 카페 공간이라 맘에 들었다. 서로 다른 메뉴를 주문한 후에 잠시 앉았는데 갓 대학생이 된 딸이 기타를 집어 들었다. 모서리 한쪽에 기타가 있었던 것이다. 언제 거기 있었지? 무엇이든 내가 그것을 의식하지 않으면 존재하지 않는 거나 다름없다. 연주나 한번 해볼까 하더니 딸이 어떤 곡을 연주하기 시작했다. 노래도 해야지 하니까 씩 웃기만 한다. 연주가 끝나자 우린 약속도 하지 않았는데도 박수를 쳤다.

푹신한 의자에 앉아있던 첫째 아들이 고래처럼 벌떡 솟구쳐 일어났다. 순식간에 향한 곳은 피아노였다. 어라. 피아노도 있었네. 제법 품격을 갖춘 피아노가 입구 쪽에 서 있었던 것이다. 피아노를 연주할 줄 아는 사람의 시선에는 피아노라는 존재가 단번에 꽂힐 수밖에 없겠지. 아들은 길쭉한 손가락으로 〈지금은 우리가 멀리 있을지라도〉를 연주하기 시작했다. 아름다운 선율이 카페 내부를 감미롭게 휘저으며 내 얼굴을 살랑살랑 간지럽힌다. 연주가 마치자마자 우린 또다시 박수를 쏟아냈다.

"나는 뭐하지?" 둘째 아들이 불쑥 스스로에게 말을 건다. 잠시 생각에 잠기더니 "노래할까?" 스스로에게 대답한다. 그리고는 톤을 높여서 우리에게 묻는다. "무슨 노래 부를까요?" 나는 주저 없이 사랑에 대한 노래를 해보라고 추천했다. "사랑 노래를 잘 불러야 여친이 많이 생길 거야." 사랑이라는 존재만큼 우리를 열망케 하고 우리를 절망케 하는 것이 그 어디 있을까. 아들은 표정을 정리하더니, 망설임 없이 노래 몇 소절을 부르기 시작했다. "세상에서 가장 큰 그대 우산이 될게. 그대 편히 걸어가요. 걷다가 지치면…" 일순간 내 눈이 희뿌예지려고 했다. 두 개의 활화산에서 용암이 분출할 것 같았지만 미소로 꾹 눌러야 했다. 가장의 눈물은 보이지 않는 데서 흘려야 아름답겠지. 노래가 끝나자마자 우린 다시 박수를 치며 함박웃음을 터트렸다.

우리 가족은 분명히 가볍게 커피나 음료수를 마시려는 계획이었다. 그런데 우리는 즉흥적으로 가족 콘서트를 열었던 것이다. 이 모든 일은 아무도 시키지도 않고 각자 스스로 만든 한 폭의 풍경화다. 너 참 아름답구나! 어찌나 사랑스러운지. 존재의 희열로 가득 차올랐다. 정말 잘 컸다. 정말 고맙다. 뼈아픈 시간을 건너오느라 잃어버린 것과 무너진 것도 많았지만, 오늘 이 순간, 이 존재의 충만함으로 넉넉히 보상받고도 남는다.

사진을 같이 찍자고 누군가가 말했다. 하나의 여럿이 조명을 잘 받는 위치에 우뚝 섰다. "너무 많이 웃으면 사진빨 안 받는다. 살살 웃어." 라고 신신당부했다. 찰칵. 여럿의 하나가 되는 순간이다. "이것 봐. 살살 웃어야 한다니깐." 둘째 아들이 너무 심하게 웃고 있다. 사실은 지난날에 수도승처럼 묵묵히 무표정을 수행해오던 둘째였다. 그러나 이젠 너무 웃어서 탈이라니. 분명히 새로운 존재의 가능성을 믿고 기존의 틀을 깨뜨렸기에 가능한 일이다.

"이젠 집으로 가자." 카페에서 조금 멀리 떨어진 주차장으로 가는 동안, 두 아들은 엄마의 양쪽 손을 꼭 잡은 채 걷고 있다. "안 하던 짓을 왜 하고 그래." 하면서 농담을 던져 본다. 나는 어머니와 손잡고 걷는다는 것이 여전히 낯설고 어색하다. 그래서 지금의 아들딸이 여러모로 나보다 훨씬 나은 존재가 될 것이라는 예감에 너무나 안심이 된다. 비로소 나는 지금 여기 이 순간만큼은 완전히 존재하며, 너희와 함께 존재해 있기를 참 잘했다는 마음이 뼛속 깊이 사무친다.

째깍째깍 시간이 결코 멈추지 않고 정확한 간격으로 흐르고 있다. 하지만 실존적 존재로서의 삶은 예측할 수 없는 속도로 여울지면서 흐르고 있다. 어느 지점에서는 너무 속절없이 빠르게, 어느 지점에서는 너무 무거워진 존재를 다 닳도록 끌고 다닌다. 존재론적으로 상자처럼 던져져 있는 나-라는 세계. 나를 열어보았을 때, 과연 내가 있는 그대로 존재하고 있을까. 그럴 수 없다. 낯설어진 내가 소스라치게 만져진다. 변할 수밖에 없고 변해야 한다. 새로운 존재로서의 가능성을 믿고 알을 깨뜨려야 한다. 알의 바깥으로 들어가야 한다. 알에만 머무는 안정 지향적인 삶은 그 얼마나 어둡고도 무의미한 죽음인가.

김영곤 |『월간문학』수필 등단(2014년). 계간『포지션』에서 시집을 상재하면서 등단(2018년).『시와 편견』평론 등단(2022년). 수상 : 배재문학상, 대표에세이 문학상. 저서 : 시집『둥근 바깥』『존재의 중력』수필집『밤이 별빛에 마음을 쬔다』『상자의 중력』논문집『최문자 시에 나타난 여성성연구』. 문학 석사. E-mail : prin789@hanmail.net

존재는 변신한다

신순희

산은 쉼 없이 소생하는 숲을 안고 있다. 산을 경외하는 사람들은 그 산에 올라 정상에 깃발을 꽂고 인간승리라고 말한다. 한편에서는 개발이라는 이름으로 산을 폭파해 터널을 뚫으며 변화를 꿈꾼다. 산은 처음부터 거기에 있었던 것처럼 보이지만, 아주 먼 옛날 산이 바다가 되고 바다가 산이 되었던 때가 있었다.

존재하는 것은 변화하며 사라지고 사라진 뒤에는 흔적이 남는다. 흔적은 언젠가 소생한다. 이 세상에 존재하지 않는 것은 없다. 생물은 생물대로 사물은 사물대로 존재한다. 생물은 끊임없이 죽고 살아나면서 영원을 염원하고, 사물은 제한적인 공간으로 살아간다. 내가 미국에서 사들인 식탁이며 의자가 우리 집 이민 역사로 존재하는 것처럼.

사람만큼 확실한 존재는 없다. 생각하는 언어가 있으니 기록하고 문서화하기 때문이겠다. 옛사람들은 남겨진 업적으로 존재한다. 조선시대 화가의 그림은 박물관에, 고전 소설가는 책방에, 전설의 음악가는 악보로 살아있다. 우리 집 거실 벽에 걸려있는 신사임당의 '초충도' 탁본을 볼 때마다 나는 감탄한다. 시대를 넘어서 그림으로 신사임당은 나와 마주한다. 과거는 현재와 소통하면서 다시 깨어난다.

오랜 시간 문화는 변화를 거듭하며 시대를 거쳐왔다. 과거 살았던 위인들이 화폐를 통해 오늘을 산다. 인물이 가치를 정한다. 역사는 돌고 돌면서 영원히 우리 곁에 같은 방식으로 머문다. 과거에 일어난 일이 지금도 일어나고 있듯이, 삶의 본질은 변하지 않는 것처럼 보인다. 사람의 생각은 참 비슷하다.

사람 사이에 영원한 것은 없다. 산과 바다는 의구하지만, 사람은 그 자리에 그대로 있을 수 없다. 세월과 정면 대결하며 변신을 도모한다. 젊어지려고 과학의 힘을 빌린다. 연륜을 거슬러 팽팽하게 주름을 편 얼굴이 부자연스럽다. 지는 노을을 잡을 수는 없다. 다행히 사람에게는 살아갈수록 너그러워지는 마음이 있다.

세월이 흐르면 변해야 한다. 과학도 변하지 않던가. 나 어릴 땐 과학이 영원한 진리인 줄 알았다. 생활과 밀접한 과학은 지금도 연구하고 발표하면서 시간 따라 변하는 중이다. 영원한 생명을 사모하는 사람은 영원한 신神을 찾는다. 어딘가 낙원이 있다고 믿고 싶어 한다. 신과 낙원은 내 마음속에 존재하지 않을까. 마음속에 희망이 있다.

호랑이는 죽어서 가죽을 남긴다고 했다. 인간 입장에서 하는 말이다. 줄무늬 가죽에 위엄이 서려 있다. 박제된 곰의 몸짓과 표정을 본 적이 있는가. 무언가 할 말이 있는 듯하다. 전시판 핀에 꽂혀있는 나비는 화려한 날개를 펼친 채 굳어있다. 일생이 표본이 되어버린 존재이다.

언젠가 동남아 여행에서 구입한 나비 표본 액자는 우리 집에서 수십 년 넘게 추억으로 존재하고 있다. 자유로운 나비를 잡아서 핀에 꽂아두고 감상하다니, 그때 나는 아무 생각이 없었다. 작은 악어백도 하나 샀다. 그것을 들고 다니지도 버리지도 못했다. 악어의 가죽을 벗겨서 자랑스럽게 들고 다닐 일은 아니다. 박제된 동물도 핸드백이 된 악어도 생이 끝난 뒤 장식품이 될 줄은 몰랐을 것이다. 치욕스러운 변신이다.

사람은 죽어서 이름을 남긴다고 했다. 유명한 사람들 말이다. 역대 왕은 왕릉에서 안식하며 역사를 이야기하고 위인은 교과서에 실려 후대 사람들과 소통한다. 민초는 짓밟히며 열심히 살아도 아무도 몰라준다. 누구나 이름이 있다. 이름 석 자는 새기고 싶다. 묘비는 돌과 같은 사물로라도 남고 싶은 마음의 흔적일지 모른다.

세상을 떠난 나를 잊어주길 바랄까. 아니다. 나를 잊지 말아요, 기억해 주길 바란다. 시간을 넘어서 사라진 뒤에도 존재하고 싶어 한다. 그러한 염원이 윤회사상으로 남은 건 아닐까. 살아나려면 변해야 한다. 한 줌 흙으로 변해야 생명이 태어나듯이.

세상을 두 해 넘게 괴롭힌 코로나바이러스가 끝까지 사람을 붙들고 늘어진다. 백신을 맞고 거리두기를 하고 마스크를 해도 막무가내이다. 대단한 존재감이다. 인간에게 정복되지 않은 균이 있던가. 결국 세균은 사라지지만, 사라지지 않을 것이다. 변신을 시도할 것이다.

만물은 저마다 존재의 이유가 있다. 나는 왜 존재하는가. 그동안 어떤 변화를 견디며 살아왔으며 앞으로 어떻게 사라질 것인가. 남길만한 흔적이 있는가. 그리고 어떻게 소생할 것인가를 한번 생각해 볼 일이다.

신순희 | 『월간문학』 등단(2015년). 2010 뿌리문학상, 2012 재미수필 신인상 수상. 서북미문인협회, 재미수필문학가협회 회원. 미국 워싱턴주 시애틀 거주.

빈집의 시간을 읽다

박규리

아침에 일어나 핸드폰 앱의 CCTV로 고향 집을 본다. 정사각형 화면 안에는 집의 측면과 마당이 가득 담겨 있다. 뜨거운 여름 햇살은 일찌감치 마당을 점령했다. 핸드폰 화면으로 보는 고향 집은 무척이나 밝았지만 무거운 정적으로 휩싸여 있다. 자꾸 서글픈 마음이 들어 앱을 닫는다.

자리에서 부스스 일어났다. 커튼을 조금 젖히고 밖을 내다본다. 왕복 8차선 도로에는 자동차가 가득하다. 출근 시간대라 차가 몰려 혼잡하다. 시선을 돌려보니 아파트들이 반듯반듯 줄지어 있다. 예전에 이곳에 있던 들판은 흔적 없이 사라지고 아파트가 빼곡히 들어섰다.

이곳이 개발되기 전 지인들과 근처에 있는 박상진호수공원에 갔을 때였다. 운동을 위해 차를 두고 걸어가다 보면 다 무너져 가는 폐가가 보였다. 버려두어 낡은 집에는 잡초가 수북이 자라고 토벽이 군데군데 갈라져 있었다. 누군가가 살다가 떠났을 그 집이 고향 집 같아 자꾸 눈길이 갔다.

습관대로 또 앱을 연다. 강렬한 햇살은 마당에 있는 장독대에 쏟아진다. 항아리를 덮어둔 대야에 빛이 퍼졌다. 오래된 항아리 밑에는 냇가에서 주워 온 자갈이 깔려있고 장독대 가장자리는 벽돌로 마무리되어 있다. 오막조막한 자갈 사이에는 군데군데 잡초가 돋아난 것이 보인다. 돌보는 사람이 없는 곳에 잡초만 무성하다.

돌아가신 부모님 생각이 많이 나서 고향 집에 자주 가지 않는다. 시선이 머무는 곳마다 허기 같은 공허가 스며들고, 나무 한 그루 없는 들판에 홀로 서 있는 기분이 들기 때문이다. 부모님이 돌아가시고 지인이 한 말이 생각났다. '너는 이제 고아다'라는 말이 가슴에 와닿았다. 멍하니 앉은 나를 남겨두고 시간이 흘렀다.

시골의 밤이 이슥하다. 멀리 장승처럼 우뚝 선 나무 사이로 달빛이 흘러든다. 나무 옆 가로등 불빛까지 더해 골목이 환하다. 골목 어귀에는 아버지가 심어놓은 능소화가 별처럼 간들간들 졸고 있다. 누르스름한 꽃이 오래된 기억처럼 희미하게 보인다. 기억 속에 생생하게 살아있는 과거의 일이 떠오른다.

저녁을 먹고 자리에 누우면 마당에 있는 사과나무 그림자가 창호지에 어른거렸다. 얇은 벽 하나를 사이에 둔 사랑방에선 아버지의 고단한 숨소리가 들리곤 했었다. 가정형편이 어려워 대학 진학은 어려웠고, 그렇다고 취업하고 싶지도 않아서 고민이 많았다. 이런저런 생각에 잠겨 있을 때 어디선가 소쩍새 울음소리가 들려오곤 했다. 아련한 그 소리를 들고 있으니 왠지 마음이 슬퍼졌었다.

몇 년 전 아버지가 돌아가시고 어머니는 혼자가 되었을 때 일이다. 소박하던 집이었지만 혼자가 된 어머니가 지내기에는 너무 크게 느껴질 것 같았다. 우리는 이런저런 대안을 찾고 있었는데 어머니는 단호하게 그 집을 선택했다. 평소에 자식들의 말을 잘 따라 주시던 어머니와는 조금 다른 모습이었다. 나중에 알았는데 아버지께서 어디에도 가지 말고 집에 있으라고 유언을 남겼다고 했다.

집도 사람처럼 태어나서 성장하고 번성하고 노화하는 과정을 거치는 것 같다. 부모님이 계시지 않는 고향집도 이제는 시나브로 소멸의 길을 걷고 있다. 세월과 더불어 낡고 삭아가고 있다. 온갖 서글픔도 가라앉고 그리움도 삭아 희미한 달빛과 같아질 것이다. 그러나 다 사라져 없어지지는 않을 것이다. 고향집은 우리의 추억 속에서 함께 살아 있을 것이기 때문이다.

내 마음속의 집은 언제나 싱그럽다. 마당에서 모깃불 피워놓고 멍석 위에 누워 별을 세던 날들, 골목에서 장에 간 아버지가 사 오시던 과자를 기다리는 어린 나를 보기도, 부모님과 두레 밥상에 앉아 밥을 먹던 시간들이 가득하다. 한 장면 한 장면이 수시로 떠오르면 그 기억을 더듬어 웃음 지을 때가 많을 것이다. 그럴 때면 흥건하게 고이는 행복을 맛볼 것이다.

일찌감치 저녁을 먹고 잠자리에 누워 핸드폰 앱의 CCTV를 켠다. 아침의 환한 빛과는 다른 은은한 달빛이 스며들었다. 하루에도 몇 번, 언제 보아도 비어있어 쓸쓸하지만 충만한 공간이기도 하다. 복닥거리는 도시에 살지만, 가끔 핸드폰 앱 속의 고향 집에 다녀오곤 한다.

박규리(박정숙) | 『월간문학』 수필 등단(2016년). 저서 : 수필집 『뜸』. 한국문인협회, 대표에세이문학회, 울산문인협회, 에세이울산문학회 회원. 현재 방과 후 교사 타로리더.

시간 여행

김순남

오래된 사진을 보고 있다. 연년생 두 아들이 네다섯 살 무렵 모습이다. 털실로 짠 스웨터를 입은 큰아이가 활짝 웃고 있고 개구쟁이 작은아이는 사진 속에서도 장난기가 묻어난다. 그때쯤 우리 부부의 사진을 보니 이런 시절이 있었나 싶을 만큼 많은 세월이 흘렀음을 실감하게 된다. 머리 모양이나 옷차림도 촌스럽기 그지없지만 그래도 얼굴엔 풋풋한 젊음을 느낄 수 있다. 돌아보니 우리가 지금껏 걸어온 삶의 여정에서 중간 지점쯤 되는 것 같다.

힘든 시기였다. 한 가정을 꾸리고 두 아이를 낳아 좌충우돌 부모 역할을 할 때다. 지금처럼 어린이집이나 아이를 돌봐 주는 곳이 많지 않았다. 연년생 두 아이를 종일 돌보는 일은 힘에 부쳐 하루가 길게 느껴졌다. 소심한 성격에 겁도 많았고 근심도 많았다. 무엇보다 사내아이 둘을 어떻게 양육해야 할지 부담을 많이 느꼈던 것 같다. 내 집을 장만

하기 전 살던 집이 좁다 보니 아이들은 밖에서 노는 시간이 많았다. 사내아이들이라 그런지 놀다가 몸을 다쳐서 들어올 때도 여러 번 있었다. 그렇게 활발하게 온 동네를 누비며 놀던 아이들이 저녁에 잠자리에 들면 온 세상이 잠든 것 같고 마냥 평화로웠다.

짧은 시간이라도 뭔가 탈출구를 갈망했는지도 모르겠다. 옆집에 사는 비슷한 또래의 아이 엄마가 뜨개질하는 부업을 하고 있었다. 아이들 키우며 살림하기도 바쁜데 뜨개질 부업이 하고 싶다니 앞뒤가 맞지 않지만 그래도 그러고 싶었다. 하루 종일 아이들과 부대끼고 힘든 게 분명하거늘 아이들 재워 놓고 뭔가에 몰두하는 그 시간이 나를 위한 시간 같고 휴식처럼 느껴졌다. 뜨개바늘과 실을 잡고 앉으면 조금씩이나마 결과물이 눈에 보이니 손을 놓기가 쉽지 않았다. 아이들 돌보느라 얽매인 듯이 옴짝달싹 못하는 생활에서 오는 압박감도 한 코 한 코 뜨개질을 하며 실이 풀리듯 마음이 평안해졌다.

그 부업을 오래 하지는 못했다. 온전히 아이들에게 매달리고 짬짬이 살림을 해야 하는데 놀이하다 잠깐 집에 들어온 아이처럼 줄곧 뜨개질에 마음이 갔다. 머릿속엔 온통 그 생각뿐이니 처음엔 아이들이 잠들고 난 후 뜨개바늘을 들었으나 차츰 밖에서 놀고 있는 아이들을 방치하게 되어 어느 날 스스로도 화들짝 놀랐다. 안 될 일이었다.

잠시 한눈팔던 마음을 정리하니 마음이 편했다. 아이들이 어느 정도 자라 손이 덜 가면 그때 다시 해보리라 마음먹었다. 사실 부업이라지만 돈은 몇 푼 되지 않았다. 그저 뭔가 결혼 후 살림하고 아이 키우는 일이 아닌 다른 일이라는 것에 마음을 빼앗겼던 것 같다. 부업에서 손을 떼고 아쉬움에선지 아이들 옷을 하나둘 뜨게 되었다. 큰아이에겐 민트색, 작은아이는 노란색 티셔츠를 떠서 입혔다. 지금 그 옷을 볼 수 없어도 한 올 한 올 짜여진 무늬나 둥근 라운드 티셔츠를 완성하여 입혔을 때 모습이 선명하게 떠오른다. 시중엔 더 좋은 옷들이 많았지만 내 손으로 옷을 만들어 입혔다는 뿌듯함이 말로 표현할 수 없었다. 그 옷을 입은 아이들을 보면 다른 어떤 옷을 입혔을 때보다도 내 마음이 따뜻했던 기억을 사진을 보며 다시 느껴본다.

어느새 두 아들 나이가 마흔을 코앞에 두고 있다. 작은아들은 사진 속 아이들만 한 딸아이를 두고 있다. 큰 부담으로 느꼈던 육아는 아들 며느리의 몫이다. 얼마나 힘든 일인지 알기에 옆에서 가능한 한 도와주려 마음을 쓴다. 각자 스스로의 둥지를 꾸리고자 열심히 살아가는 아들, 며느리들을 보면 대견하기도 하고 부모로서 큰 부담은 덜었지 싶다.

그때 이후로 뜨개질을 할 기회는 없었다. 세월이 많이 흘렀어도 그때 잠깐 맛보았던 성취감이나 느낌은 잊을 수가 없다. 뜨개질을 하다 보면 한 코라도 허튼 게 없지 않던가. 실이 조금이라도 모자라거나 부실하면 떠 놓은 곳이 어떻게든 표가 나기 마련이다. 우리는 어쩌면 한 올 한 올 생生이라는 옷을 뜨개질하고 있지 않을까. 아직 완성되지 않은 옷이지만 뜨개바늘과 실이 성실히 제 몫을 하려고 애쓴 것 같다. 뭔가 조금은 부족하여 마음에 흡족하지 않은 부분이 있어도 연연하지 않으려다. 부족함도 나의 본모습이 아닐까 한다. 사진 속으로의 시간 여행에 마음이 홍건해지는 날이다.

김순남 | 『월간문학』 등단(2016년, 「도마」). 수상 : 경북문화체험전국수필대전(2017), 충북여성문학상(2020). 저서 : 수필집 『호미씻이』. 한국문인협회, 대표에세이문학회, 목우문학회, 제천문인협회, 충북수필문학회 회원. E-mail : ksn8404@hanmail.net

낙엽

최 종

나뭇잎이 떨어진다. 낙엽은 이리저리 바람에 날려 뒹군다. 그때까지 낙엽이다. 아직도 이파리 모양새를 하고 있을 때 사람들은 낙엽에 얽힌 낭만을 이야기한다. 나굴다가 물에 젖고 마침내 썩어가며 그 빛이 흙빛으로 변해버리면 어디에도 낙엽은 없다. 낙엽이 좋다고 말하던 사람들은 금세 발가벗은 나뭇가지를 보면서도 이미 낙엽을 잊은 지 오래다. 어쩌면 우리는 낙엽과 아주 많이 닮았다.

아무리 가까운 혈육 사이에서도 한 사람이 명줄을 놓으면, 그 순간부터 멀어져간다. 눈에 보이지 않은 지 수년 지나면 그가 누구이든 세월 저편으로 잊히고, 원래 존재하지도 않았던 것처럼 되고 만다. 낙엽을 보면서 삶의 근원을 말하고 사라져버린 시간을 이야기하는 것은 한낱 바람에 날리는 가벼운 감성일 뿐일까.

단풍잎이 화폭에 가득했다. 여러 갈래로 뾰족 모양을 한 이파리는 겹치지 않고 선명하게 그려졌다. 낙엽의 축제 같았다. 누구의 작품인가, 팻말을 보니 이응노 화백의 〈군상〉이었다. 며칠 전 중앙박물관 기획전시실에서 "이건희 기증 1주년 기념전"을 관람했다. 〈군상〉은 낙엽이 아니었다. 셀 수 없는 수효의 사람들이 떼 지어 있는 그림인데, 처음에는 왜 이 많은 사람이 낙엽으로 보였는지 모르겠다. 우리 모두 결국은 낙엽처럼 떨어져 사라질 존재라는 사실에 은연중 생각이 머물러 있지는 않았나 싶다.

다시 자세히 그림을 봤다. 자유롭게 존재하는 개체의 특성이 어떻게 역동적으로 공존하고 있는지 보여주는 모습이었다. 뛰는 사람, 체조하는 사람. 춤추는 사람들…. 수많은 인간의 여러 몸짓을 그린 수묵화 속에서 하나하나 떨어져 사라져가는 낙엽이 보였다. 내 상념의 편린이었다.

낙엽은 떨어지며 무엇을 남겼을까. 누구는 말할 것이다. 함께 했던 나무에 열매를 맺어주었다고. 정말 낙엽은 언제까지 열매를 남겨둔 것인가. 시간이 흘러도 옛것이 그대로 존재하는 법은 없다. 모든 것은 조금씩 사라져가고 결국은 아무것도 남지 않는다. 새로운 것이 탄생할 뿐이다.

푸른 잎이 노랗게 물들어 떨어지는 시간까지 잎은 나무에 열매를 맺기 위해 정진하고 있었다. 삶의 결과물이라 할 업적을 쌓기 위하여 우리는 지금을 살아왔을까. 오로지 위대한 업적을 이루려고 매진하며 살아오지는 않았다 할지라도 무엇인가를 위한 결과는 미리 염두에 두었을 터이다.

떨어진 낙엽은 흔적 없이 살아지는데, 떠난 인생의 결과물에 사람들은 너무 큰 의미를 부여하고 있는 것만 같다. 이미 흙으로 변해버린 자의 이름이 세상에서 알아주는 명사로 풍미한다 한들 존재하지 않은 당신에게 무슨 의미가 있겠나 싶다.

베스트셀러 작가였던 법정 스님은, 세상을 떠난 후 자신의 저서를 다시 출간하지 말라고 유언했다. 죽은 후에 자신의 이름이 어떤 책자의 저자로 남는 것마저 거부한 것이다. 육신이 이승에서 사라지면 몸에 따라다녔던 모든 것, 이름도 바람처럼 흔적 없이 사라져주어야 한다는 뜻이겠다. 이름을 남겨 무엇에 쓴다는 말이냐. 이 맹랑한 허명에 집착하지 말라고 그는 살아서 유언을 한 것이리라.

온기도 냉기도 없이 흐물흐물 시간에 밀려 살아오지는 않았는지 지금에서 옛날을 돌이켜 본다. 활활 불태우며 순간순간을 기막히게 열심히 살아온 시간은 언제였는가. 또 이 시절에 내가 붙잡아야 할 일은 무엇인지, 마지막 결과가 아무것도 없다고 하더라도 지금을 연소할 화두는 있어야 하지 않겠나 생각된다.

처음에는 조그맣게 움트는 새싹이었다. 점점 자라 이파리가 되고 푸른빛을 풍기며 싱싱한 모습을 한다. 한 시절이 지나고, 이파리 빛깔이 누렇게 변해가면 스스로 떨어질 시간을 알게 된다. 한겨울을 지내려면 나무는 이파리에 주던 영양 공급을 조절해야 한다. 영양실조에 걸린 낙엽은 결국 나뭇가지와 이별을 하게 된다. 자신이 이제 떠나야 할 시간임을 절절히 느끼게 될 때는 대롱대롱 나뭇가지에 매달릴 때쯤이다. 늙은 세월이 되어서야 비로소 긴 시간의 종착지점을 바라보게 되는 것처럼.

한 잎 두 잎 떨어지던 낙엽은 이제 바람이 불면 참새 떼 날아가듯 장관을 이루며 떨어질 것이다. 낙엽의 향연처럼 사라져가는 세월의 뒷모습도 아름답게 비춰주었으면 좋겠다. 포플러 가로수 한 잎이 포물선을 그리며 떨어진다.

최 종 | 『월간문학』 수필 등단(2016년). 저서 : 수필집 『깨갱』 『온종일 비』. 한국문인협회, 한국수필가협회, 대표에세이문학회 회원.

누름돌

고명선

　　바람이 예쁘다. 나뭇잎은 바람이 데려온 햇살을 안고 녹색의 왈츠를 춘다. 창가에 잠시 머무르다 지붕 위로 사라져 가는 습기를 덜어낸 흰 구름도 눈이 부시다. 눅눅한 집안 곳곳에는 여름의 잔재가 아직 머물러 있다. 진득하게 발효를 끝내고 찾아온 계절을 겸손하게 맞아들인다. 한때 뜨겁게 애태우던 가슴 앓이의 흔적이 조금씩 지워져 나간다. 냉한 기운으로 돌아가던 몸 안의 곳곳이 양기를 갈망한다. 세월로 가는 시간을 타고 기차처럼 빠져나간 긴 꼬리의 여운을 잠시 붙잡아둔다. 여름 동안 식초와 소금과 간장으로 인해 누렇게 변해버린 플라스틱 용기를 비웠다. 깻잎이며 오이, 고추를 담아 숙성시킨 뒤에 여름 밥상에 끼니마다 올렸던 플라스틱 용기다. 벗어날 수 없는 역할 탓이었는지 뜨거운 물로 몇 번을 닦아도 뽀얗던 본모습으로 돌아오지 않는다. 신맛, 짠맛, 단맛까지 배인 플라스틱 용기에 펄펄 끓는 물을 부어 대니 사람 피부라면 깊은 화상을 입을 것이다. 플라스틱 용기나 사람이나 당당하게 버텨야 여름을 날 수 있다고는 하지만 묵직한 돌덩이까지 올려 숨통을 조였으니 그 고통도 이만저만이 아니었을 것이다. 하지만 플라스틱 용기에 반찬이 될 재료를 담을 때마다 정작 필요한 것은 누름돌이라고 하는 묵직한 돌이다. 제아무리 좋은 재료를 사용하여 음식 솜씨를 발휘해도 누름돌 없이는 내고자 하는 맛을 낼 수가 없다. 빨리 숙성시키기 위해 서로 다른 맛을 내는 재료에 뜨거운 물을 부으면 숨이 죽지 않은 깻잎이며 오이, 고추는 뜨거움을 견디지 못하고 몸부림치며 수런거리는 것만 같았다. 그럴 때 누름돌로 눌러두면 쉽게 수그러들었다. 그처럼 누름돌은 숙성을 도왔다. 뻣뻣한 자존심이나 팔팔한 성질도 누름돌 밑에서는 어쩔 도리가 없을 것이다. 그렇게 해서 얻은 새콤달콤한 맛은 산뜻하고 깊이가 있어 눅눅해진 마음의 피로마저 말끔하게 씻어낸다. 우리의 삶도 순간순간의 고통을 진득하게 견뎌내야 달고 알찬 열매를 얻을 수 있다. 단단하고 매끄러운 누름돌을 준비 못 한 나는 이민 보따리에 싸서 어렵게 가져왔던 반들반들한 장식품 수석을 물에 젖지 않게 비닐로 꼭꼭 싸매서 누름돌을 대신하고 있다. 집안에 한 쌍의 돌이 더 있다. 하나는 주둥이가 좁은 항아리 모양이고 다른 하나는 허리가 잘록한 화병을 닮았다. 친정아버지가 애지중지하시던 물건이었는데 크고 무거워 누름돌로는 엄두도 못 내고 있다. 아끼시던 대리석 자기를 이국 만 리 떠나는 여식에게 딸려 보낸 뜻을 이제야 알아 가고 있다. 나의 청소년기 한때는 아버지가 일으킨 풍랑 위에 스스로 서 있기 위한 몸부림이 있었다. 밀가루 수제비 속에 빠져버린 꿈을 건져 올리지 못할까 봐 두려움에 시달렸다. 슬픔과 설움은 요동쳤고 지금처럼 예쁜 바람에도 몹시 가슴 시렸다. 하얀 종이 위에 이름 모를 부호를 찍으며 보이지 않는 꿈을 찾아 나설 때 아버지는 두툼하게 쌓인 신문지를 펼쳐놓으시고 붓끝에 힘을 모아 가장으로서의 시커멓게 타들어가는 심정을 적어 내려갔다. 붓끝에는 세월의 무게만큼이나 진한 먹물이 묻어있었고 적은 글씨는 나에게 지울 수 없는 문신이 되어버렸다. 그 어렵던 시절은 지금의 누름돌이 되었다. 크고 무거워서 사용 못 하는 한 쌍의 대리석 자기만큼이나 내 마음을 짓누르는 누름돌로 다가오고 있다. 여름의 끝자락에서 나는 누구의 누름돌이 되고 싶어 예쁜 바람을 부르고 있는지 모르겠다.

고명선 |『월간문학』등단(2017). 한국문인협회 회원. 대표에세이문학회 회원. 에피포도 문학상. 뉴욕 한국일보 칼럼 연재중(2013년~2020년).

시간을 이긴 기억

신미선

얼결에 눈을 뜨니 엄마가 보이지 않았다. 분명 어젯밤 안방 아랫목에서 엄마 팔을 베고 잠이 들었는데 어디에도 안 계셨다. 오빠가 잠든 건넌방에도, 할머니가 주무시는 사랑방에도, 저마다 세상의 시간을 잊은 듯 고른 숨소리만 있을 뿐이었다. 엄마를 찾아내는 숨바꼭질은 이제 두려움이 되었다. 행여 엄마가 나를 떼어놓고 영영 떠나버린 건 아닐까.

일이 일어난 건 어제저녁 무렵이었다. 할머니는 옆 마을 잔칫집에 갔다가 막걸리에 취해 돌아오셨다. 그리고 대문을 들어서자마자 물한 그릇 떠 오라며 목청껏 나를 불렀다. 당신의 세월을 고스란히 싸안은 듯 온통 주름으로 뒤덮인 손에는 검은 비닐봉지가 들려 있었다. 할머니는 취중에도 식구들을 먹이겠다며 잔치 음식을 한가득 싸 온 것이다.

단숨에 냉수를 벌컥벌컥 들이켠 할머니는 나를 빤히 쳐다보며 "요

이쁜 것, 홍역에 걸려 다 죽어가는 걸 내가 살렸지. 느그 애미는 신경
도 안 쓰는 걸 말이다." 하셨다. "방긋방긋 웃는 거 볼 생각에 쌀죽 끓
여 먹여가며 살려놨더니 이제는 물을 다 얻어 마시네." 술기운 탓인지
평소보다 말씀이 긴 할머니의 검붉은 얼굴이 흡사 산 너머로 숨어드
는 노을 같았다.

엄마가 집 뒷밭에서 한나절 콩을 심고 들어오던 찰나 이 소리를 들
었다. 그리고 손에 묻은 흙을 씻을 새도 없이 마루에 놓여있는 애꿎은
검은 봉지를 마당에 냅다 던져버리는 것이 아닌가. "왜 자꾸 애 앞에서
쓸데없는 말씀을 하세요. 신경을 안 쓰긴 누가 안 쓰고 죽긴 누가 죽어
요. 십 년이면 강산도 변한다는데 이젠 그만하실 때도 됐잖아요." 파르
르 떨리는 엄마의 목소리 너머 어느새 그렁그렁 눈가에 이슬이 맺혔
다. 엄마는 울음 가득한 얼굴로 '제발'이란 말을 연거푸 내리 서너 번
을 더 하시곤 부엌으로 사라졌다.

생전 처음 보게 된 엄마의 낯선 모습에 덩달아 나도 울먹였다. 봉지
속 기름옷을 한껏 품은 잔치 음식들도 놀란 듯 마당 한가운데 널브러
져 꼼짝도 하지 않았다. 부엌에서 가늘게 새어 나오는 엄마의 흐느낌
과 끝도 없이 이어지는 할머니의 혼잣말은 밖에 나갔던 아버지가 돌
아오고서야 끝이 났다. 엄마가 그날 왜 그렇게 화를 냈는지 나는 알지
못했다. 내 나이 그때 열 살이었다.

겨우 엄마를 찾아냈다. 어둠이 채 가시지도 않은 새벽에 엄마는 부
엌에서 싸늘히 식어버린 아궁이에 군불을 지피고 계셨다. 장작은 활

활 제 몸을 불태워 열기를 내는데 엄마는 나지막한 나무 의자에 앉아 토닥토닥 부지깽이로 바닥을 치고 있었다. 무슨 생각이 그리도 깊었는지 내가 다가서는 줄도 몰랐다. 반가운 마음에 가까이 다가가 뒤로 껴안으니 그제야 돌아보곤 이내 나를 끌어 옆에 앉혔다. 엄마가 있어서 천만다행이었다.

엄마는 조용하고 깔끔한 분이셨다. 가난한 종갓집 맏며느리로 시집와 괄괄한 할머니 성정 안에서도 큰소리 한 번 내지 않고 긴 시간 할아버지 병시중과 자식을 키워 내셨다. 그 삶이 오죽이나 고단했을까. 간간이 밭에 나가 김매는 일부터 일 년에 여섯 차례나 지내는 제사와 명절까지 합하면 그야말로 엄마는 한가롭게 앉아 유유자적 살아보지 못하셨으리라.

언제나 단정했던 엄마가 소리 내 울음을 보인 것은 나로 인함이었을 것이다. 그날따라 엄마는 가슴 저 밑 어딘가, 아픈 자식 돌아볼 새 없던 고단한 세월 속, 삶의 응어리가 할머니의 넋두리라는 촉매를 만나 속없이 터져버린 건 아닐까. 언제부터인지 할머니는 술만 드시면 나를 오롯이 당신의 손으로 키웠다며 한 얘기를 하시고 또 하셨다. 나는 늘 할머니의 혼잣말이 궁금했고 엄마에게 확인하듯 물었다. 그때마다 엄마는 아무 답도 하지 않으셨고 자리를 피해버렸다.

분명하고 가차 없는 건 시간인 듯 이젠 할머니도 자연의 품에 누워 제삿날에나 술을 얻어 드신다. 엄마는 전혀 입에 술을 대지 않던 젊은 시절과는 달리 이젠 맥주도 한두 잔 드실 줄 아시고 취기가 오르면 당신만의 혼잣말로 그 옛날 할머니를 답습한다. 설마 자식 죽기를 바라는 부모가 어디 있겠냐고…. 너무 허약해서 늘 그게 걱정인 나를 얼마나 노심초사 길렀는지 그건 아무도 모른단다. 아버지가 내 손을 잡고 병원을 가는 날이면, 함께 따라나서고 싶다는 말은 차마 하지 못하고 언제나 대문 문설주에 기대 울음을 삼켰단다. 층층시하 종갓집 맏며느리란 그런 자리였단다.

한 번도 가볍지 않았던 당신의 삶을 되뇌던 엄마도 이제는 일상들을 하나둘씩 잊어가고 있다. 인생의 되돌이표를 만난 듯 점점 잃어가는 시간이 많아지고 있다. 집안을 쓸고 닦는 단순한 일마저도 가져가 버리고 하루 세끼 밥상 차리는 것도 버거워하신다. 그토록 애지중지 키워 낸 자식들의 생일도 가물가물 기억에서 손을 놓으셨다. 잃어가는 시간이 있다면 좋은 시절은 남기고 고단했던 기억들만 가져가면 좋으련만…. 치매란 기억이 없는 것이 아니라 지난 시절의 기억을 지우지 못하고 그 기억에 매여 앞으로 나아가지 못하는 것이라는 어느 의사의 말을 곱씹어본다.

이른 아침 전화벨이 울린다. "오늘 아침 미역국은 먹었냐? 점심은 꼭 국수나 자장면으로 먹어라. 그래야 오래 산단다." 수화기 너머 엄마의 한마디가 또 나를 울렸다. 나를 웃게도, 아프게도 하는 엄마의 동전과도 같은 기억이 언제쯤이면 봄 뒤에 여름이 있듯 그렇게 자연스레 받아들여지려나.

신미선 | 『월간문학』 수필 등단(2017년). 저서 : 수필집 『눈물의 무게』. 한국문인협회, 음성수필문학회, 대표에세이문학회 회원. E-mail : shinms24@hanmail.net

초록에 깃들다

조명숙

　　초록이 펼쳐졌다. 이른 아침, 이육사 문학관 테라스에 섰을 때다. 희붐한 지평선 위로 안개가 감돌아 몽환적인 가운데 초록 들판이 드러났다. 수평의 꿈을 꾸듯 넓은 품으로 나타난 초록이 돌올하게 선명하다. 푸름이 고요한 안식을 주며 마음이 환해졌다.

　홀린 듯 잡풀 헤치며 길을 잡았다. 처음부터 초록이 바탕을 이루지는 않았을 터, 탄생은 필시 술렁이는 흙의 함성으로부터 비롯되었을 것이다. 꿈틀거리는 씨앗의 변화에 땅속은 바빠지고 대지는 가만가만 몸을 풀었는지 모른다. 안락한 그늘을 비집고 세상 밖으로 나온 연두는 연약하지만 올차다. 어떤 악조건에도 굴하지 않고 봄을 벗 삼아 어우렁더우렁 천지를 초록으로 물들인다. 온 누리가 풀빛으로 덮이면 여름이 시작된다. 허공을 향해 싹을 틔우고 연두가 녹색을 띠며 자연에 서리기까지 때를 놓치지 않고 쌓아온 내공이 빛난다. 그 무렵 광활한 벌판은 눈부시게 푸르다.

처음 초록과의 만남은 어린 시절 이루어졌다. 마을 어귀엔 시냇물이 흐르고 징검다리를 건너면 미루나무가 줄지어 선 시골길이었다. 길 양옆으론 보리가 일렁이는 들이었다. 동네 아이들은 길가에서 공기놀이, 땅따먹기 등을 하며 놀았다. 산야가 온통 푸른 물결로 설레던 날, 숨바꼭질을 하게 되었다. 술래는 미루나무에 기대어 손을 포개고 '꼭 꼭 숨어라, 머리카락 보일라…'를 외쳤다. 아이들은 모두 보리밭으로 사라졌다. 보리는 아이들보다 두어 뼘은 더 키가 크기 때문에 멀리 갈 필요가 없다. 보리밭에 숨으면 그만이었다.

술래가 아이들을 찾기 위해 다가오면 일제히 뛰어나갔다. 그리곤 미루나무에 손도장을 찍었다. 그러니 술래는 또 술래가 되었다. 그날따라 나는 사르락사르락 소리를 내며 앞을 열어주는 푸른빛에 이끌려 엎어질 듯 넘어지며 하염없이 걸었다. 밭둑에 이르러서야 걸음을 멈추고 털썩 주저앉았다. 한참을 기다렸지만 술래는 나를 찾지 않았다. 푸른 기운의 안온함에 젖어 든 것일까. 거기서 그만 잠이 들고 말았다.

해가 기울어 아이들은 다 집으로 돌아갔다. 열댓 명이 놀다 보니 누가 없어진 줄도 모르고 놀이에만 열중했으리라. 모두 돌아왔는데 나만 보이지 않자, 어머니가 동네 사람들과 함께 보리밭으로 나왔다. 일렬로 늘어서서 보리밭을 샅샅이 뒤지기 시작했다. 여기 있다! 하며 누군가 고함을 질렀다. 나를 발견한 아이의 외침에 잠이 깼다. 마을 사람들이 웅성대며 모여들었다. 후줄근한 내 모습을 측은한 눈길로 바라보았다. 하지만 어머니는 말없이 내 손을 잡고 집으로 향했다. 모든 것이 무사한 것을 침묵으로 대신한 것이다. 저녁 밥상을 앞에 놓고 어서 먹으라는 어머니의 담담한 어조에 온화함을 느끼며 꾸중을 들을까 봐 걱정하던 마음이 풀렸다. 초록은 그렇게 평안함으로 각인되었다.

초록은 평화다. 목표를 향해 가다가 현실의 좌표를 바로 인식하지 못하고 길을 잃고 헤맬 때, 사람들에게 부대껴 마음이 갈피를 못 잡고 방황할 때 초록을 찾는다. 다스릴 수 없는 세상일에 숨이 찰 때도 초록과 마주했다. 울창한 숲을 기웃거리고 녹음이 짙어가는 나무 그늘에 몸을 맡겼다. 내 심상찮은 기미를 눈치챈 그들은 요란을 떨지 않고 불쌍히 여기지도 않았다. 그저 조용히 지켜본다. 그러다 실바람이라도 불어오면 손을 흔들며 위로하고 다독였다. 그렇게 푸른 숨결이 몸 안에 고이면 격하게 요동치던 마음은 평온을 되찾았다.

초록은 세월의 흐름에 관계없이 진한 색으로 남아 삶을 이끈다. 갓 시집온 새댁의 눈에 비친 본가의 뜰은 온통 초록으로 넘실거렸다. 마당에 깔린 잔디는 생기발랄하게 나풀거리며 생동감이 넘쳤다. 담벼락을 기는 담쟁이넝쿨은 서로서로 손을 잡고 가풀막진 담을 오르며 삶에 대한 열정을 보였다. 담 밑을 출렁이던 토란잎은 넉넉함으로 영혼을 가득 채웠다. 젊은 날 푸른빛으로 뒤덮였던 저수지 생태 공원의 숲은 시집살이에서 호흡을 가다듬을 수 있는 유일한 공간이었다. 푸름은 그렇게 내 몸에 배어들었다.

다다른 곳은 수박밭이었다. 굵고 튼튼한 어미 가지를 곧추세우고 잔가지에 빈틈없이 잎을 달았다. 짱짱하게 어깨를 겯고 한없이 뻗어 나간 푸른 잎은 붓질을 한 것처럼 미동도 없이 너볏하다. 그 그늘이 궁금해 옥개 같은 틈을 벌려 보았다. 암녹색의 줄무늬를 두른 아기 수박이 깜냥대로 자라고 있었다. 탁구공만 한 것, 야구공만 한 것, 꽃을 피워 콩알만 한 수박을 문 것도 있다. 초록을 붙잡고 엄마 배 속의 아기처럼 천진하다. 대대로 내려온 것처럼 든든한 안전지대를 만든 초록이 아가들을 보듬고 젖을 먹이는 듯하다. 그 무풍지대 속으로 몰아의 경지에 빠졌다.

얼마나 그렇게 초록을 품고 있었던 걸까. 무심결에 세 여인이 곁에 와 있었다. 한 여인은 숲속의 소녀 같다며 덕담을 건넸고 다른 이는 너그러운 미소를 짓고 있었으며 또 한 사람은 손을 흔들며 해맑게 웃었다. 그들도 초록을 머금고 있음이 분명하다.

유월, 안동 땅에서 초록을 본 순간 마음이 밝아졌던 건 편안하고 만족한 본디 그대로의 자연이 스몄기 때문임을 알 것 같다.

조명숙 | 『월간문학』 수필 등단(2017년). 한국문인협회, 대표에세이문학회 회원.
E-mail : moungoky@daum.net

바람새의 오월

백선욱

"발 없는 새가 있다더군. 늘 날아다니다가 지치면 바람 속에서 쉰대.
  평생에 꼭 한 번 땅에 내려앉는데, 그건 바로 죽을 때지."

몇 해 전, 헤어졌던 옛 연인을 30년 만에 만났다. 다시 만난 순간 우리는 서로를 알아보지 못했다. 그녀는 여전히 아름다웠지만, 눈빛을 제외하고는 변하지 않은 것이 없다. 주문한 커피가 나오기 전에 나는 해묵은 사과부터 했다. 이별의 원인이 전적으로 나에게 있었기에…. 헤어지고 2년 정도가 지나면서 이미 나를 용서했다고 한다. 감정이 얼마나 희석이 되었는지는 잘 알 수 없지만, 역시 그녀답다. 커피가 식고 그동안의 응축된 이야기가 고갈되었을 때, 그녀는 그동안 간직해온 나의 사진과 편지들을 내주었다. 긴 세월 버리지 않은 이유를 물었다. 다른 사람의 소중한 추억을 내 마음대로 버릴 수는 없는 것 아닌가요. 그녀에게 커다란 봉투를 건네받았다. 시간이 더디게 지나갔다. 누가 뭐랄 것도 없이 혼자 집을 지키고 있을 서로의 노모를 핑계로 우리는 발길을 돌렸다. 짧지 않은 시간이었지만, 함께 했던 먼 과거의 기억 외에는 공유할 수 있는 것이 아무것도 없었다. 그보다는 앞으로 만남을 지속할 의지가 없었다는 게 솔직한 심정일지도 모르겠다. 그녀에게 주었던 너무나도 깊은 상처를 어떻게 보상해주어야 할지 자신이 없기도 했다.

"너와 나는 1분을 같이 했어. 난 이 소중한 1분을 잊지 않을 거야. 지울 수도 없어. 이미 과거가 되어 버렸으니까."

다시 시간이 흘렀다. 연락을 주고받을 일은 없었지만, 이따금 SNS의 프로필로 그녀의 근황을 유추하곤 했다. 강아지의 사진이 삭제된 것으로 노쇠한 애견이 죽었을 것이라는 생각과 젊은 시절 내가 찍어준 사진이 몇 장 들어가 있는 것으로 보아 내게도 웬만큼 편해져 있음을 가늠했다. 그러나 사과하고 용서받았다고 해도 정작으로 나는, 편하지 않았다. 누군가의 인생에 개입해 지독한 심술을 부려놓은 나는.

"1분이 쉽게 지날 줄 알았는데 영원할 수도 있더군요."

싱그러운 오월. 절정을 향하는 봄나들이는 생판 남의 이야기인 토요일 오후, 몇 년 만에 그녀에게서 톡 문자가 왔다. 전화기를 바꿨는데 내 전화번호가 지워졌다면서 남긴 번호로 연락을 달라고 한다. 노환 중인 그녀의 어머님께 일이 생겼나…. 안쓰러운 우려를 안고 전화를 걸었다. 다행히 시원시원한 그녀의 목소리는 여전하다. 일 년쯤 전에 지방으로 이사를 했는데 별일 없이 잘 지낸다고 한다. 그런데 늦은 짐 정리를 하다 내 사진이 더 있어서 연락했다는 것이다. 어머니 때문에 가져다줄 수는 없으니 이번 일요일에 와서 직접 가져가기를 바라고 있었다.

"오늘 밤 꿈에 나를 보게 될 거예요."

엊그제 찍은 행사 사진이 별로 상태가 좋지 않다. 주말까지 보내 주기로 하고 보정을 약속했다. 현장의 조명 상태가 좋지 않아 촬영하면서도 걱정이 많았는데, 역시 사진 후보정에 손이 많이 간다. 부탁받은 책 표지 시안도 일요일이 데드라인이고 지난주 약속한 원고도 써야 한다. 일을 하나씩 마무리하려는데 진도는 좀처럼 나가지 않는다. 다행히 전혀 다른 성격의 일들이라 서로 간섭 현상은 없지만, 과거의 사진을 가지러 왕복 3시간의 거리를 다녀오는 것은 아무래도 무리라는 생각이 들었다. 지지부진한 작업의 진도에다 몸이 불편한 어머니는 수시로 나를 불러대고. 결국은 가지 못한다는 문자를 넣었다. 미안해서 상황설명이라도 하려고 전화를 부탁했다. ㅇㅋ. 두 글자의 답신이 왔다. 그것으로 다였다.

"어젯밤 꿈에 당신 본 적 없어요."
"물론이지, 한숨도 못 잤을 테니."

혼란스럽고 불편한 기분에 잠이 오지 않는다. 부챗살처럼 펼쳐진 시간 위에서 그저 제자리를 맴돌 뿐이다. 한참을 뒤척이다 어느 틈에 다시 컴퓨터 앞에 앉았다. 지난 시절의 영화를 뒤적여 본다. 〈아비정전〉* 리마스터링 포스터가 눈길을 끈다. 새파랗게 아름다운 장만옥과 지금은 유명을 달리한 장국영. 그 영화를 보았을 때, 나도 그들과 같이 청춘이었다. 아비정전의 두 주인공이 나누었던 대사들과 내 상념이 모니터에 겹친다. 사랑은 영원하다는 믿음, 사랑이 영원하지 않은 것이 아니라 사람들이 그런 사랑을 하지 못할 뿐일 거라는.

어릴 적 책이나 영화에서 보던 일들이 어느 순간 나의 현재가 되는 일이 있다. 살아오는 동안 몇 번이나 맞닥뜨리는 순간순간마다 극심한 통증을 견뎌야 했다. 삶은 소설이나 영화처럼 낭만적이지 않았고 현실은 생각보다 삭막했다. 나의 맷집이 부족해서 견디기 힘들었는지도 모른다. 사랑은 내게 과분한 테마였다. 내가 감당할 수 있는 영역의 일이 결코 아니었다.

문득 고개를 드니 창밖이 훤하다. 지난밤의 불편한 상념을 떨어내고 기지개를 켠다. 죽을 때까지 날아다닌다던 새는 그 어느 곳에도 가지 못했다. 커피 한 잔에 머리가 맑아진다. 오월은 푸르다.

---

* Days of Being Wild, 阿飛正傳, 1990 : 장국영, 장만옥, 유덕화 주연, 왕가위 감독의 홍콩 영화.

백선욱 | 『월간문학』 144회 등단(2017년). 저서 : 『비밀의 숲』 외. 한국문인협회, 대표에세이문학회, 한국수필문학가협회, 문학동인 글풀 회원. 現 Visual Artist. E-mail : sunwuk143@daum.net

여름방학을 위한 협주곡

이재천

출근하는 아침이 시계추처럼 반복되지만, 운전하면서 가는 시간만큼은 잡념의 늪에 잠기기도 하는 순간이기도 하다. 연녹색이 차지한 7월의 도로는 단정하게 빗은 숲과 햇살 옷을 갈아입은 나무들이 모델처럼 도열해있다. 아침마다 액션배우가 되어 오르막과 내리막 속도감 스릴감을 온몸으로 흡수한다. 새로운 관객이 객석에 앉으면 눈을 맞추고 집중한다. 더 작아졌나? 줄어들었나? 존재감이 희미하다고 느껴지는 건, 한결같은 산 능선이 촌 동네를 밤새 품고 있어서일까? 선뜻 왜소함을 느끼는 건 시간에 쫓겨가는 불안하고 조급한 마음은 아닐 것이다. 추월하며 달리는 자동차들도 속도계 눈금이 부산함을 부추길 것이다. 출근하는 길목, 차별하지 않는 자연의 속살이 마취제처럼 폐부에 찾아들 무렵, 곁을 도망가지 않고 내어주는 현실이 절절히 고맙다. 하루 출발선에 자연스럽게 동행해주는 익숙한 엔진 소리, 초침 소리, 이정표 움직임. 그조차 감각에서 무디어질 무렵이면 네모진 차

안에는 100.7 MHz 주파수가 종종 각성제처럼 작용한다.

　잔잔한 피아노 선율이 멈추자, 아나운서 목소리가 사이를 타고 끼어든다. 피아니스트 '임윤찬'이 18세 나이로 2022년 반클라이번 국제 콩쿠르에서 우승했다는 찬사로 들뜬 목청소리다. 잡념으로 막혀있던 시야와 감각이 무대로 돌아간다. 잠시, 다른 세계가 파고든다. 감히 가보거나 이루지 못한 길이지만, 그 젊은 나이에 최고의 경지를 성취하다니, 그다음 단계는 어떤 길을 걸어갈까? 부럽고 대단하다는 생각도 그만이다. 이어진 멘트가 소심한 간덩이 뒤끝을 잡아당긴다. 수상곡 라흐마니노프 피아노 협주곡 3번에 대한 해설과 더불어 신청 사연을 들려준다. "오늘 아침이 마지막 출근길이며, 지금쯤 핸들을 잡고 있을 엄마에게 보내는 딸의 사연입니다. 35년 이상 교사로서 아이들과 희로애락을 함께했던 엄마가 참으로 존경스럽고, 수고하셨다는 말을 꼭 전하고 싶다고 합니다. 이번 여름방학은 마지막이 아닌 엄마에게 새로운 방학 과제가 주어진 휴가의 시작이라고 꼭 전해주고 싶다"라는 사연이었다.

　방학 책 풀기와 일기 쓰던 기억이 새롭다. 방학 과제 중 감초 같은 숙제였다. 페이지마다 날짜와 날씨 빈칸을 채우고 한 장씩 풀어 갈 때쯤, 개학 날은 코앞이고 얼마 남지 않은 방학 날을 아쉬워하던 때였다. 짧지 않았던 여름방학은 왜 그렇게 빨리 지나갔던지. 잘 작성했다고 칭찬이나 상을 받았던 것도 아닌데, 행여 하나라도 틀리거나 빠진 부분을 선생님이 눈치챌까 불안해하였다. 그 시절 과제 없는 방학은 꿈이었을 뿐이다. 그래도 방학하는 날은 늦장을 부리며 놀고 쉬는 날이 었기에 아이들의 심장을 기대감으로 벅차게 만들었다.

사실, 한마디 말이 미련을 붙잡고 놓아 주지 않았다. 아마도 이날 아침 집을 나서면서 '내일 방학이라, 오늘이 마지막 출근하는 날이야'라는 인사말을 하고 나왔나 보다. '마지막…, 마지막 여름방학'이라는 말이 슬퍼졌다. 단전으로부터 가쁜 숨이 울컥 밀려온다. 베이스 톤 아나운서의 낮은 목소리가 뇌혈관의 통로를 순간적으로 조이게 하였나? 일면식도 없고 전혀 모르는 또 다른 내가 시공을 초월해 역전이가 되었나 보다. 늘 반복하던 아침, 천년만년 변함없이 함께하던 도로가 내일이면 기다려주지 않는다. 마지막 출근길, 어떤 생각으로 가고 있을까 궁금하였다. 담담히 삼켜야 할 생채기처럼 감내하고 있을까? 기약 없는 개학 날을 불안해할까? 가족들 앞에서 삼십오 년을 그래 왔듯이 얼굴 화장을 하고 눈인사로 속내를 감추고 나왔을까? 밤새 생각한 퇴임사만 되풀이하며 운전하고 있을까?

친숙하지 않은 피아노 선율이 물결 요동치듯 흘러나온다. 악보가 어렵고 난해한 만큼 초인적인 기교가 필요한 곡이라고 알려져 있다. 사십삼 분이나 되는 긴 연주곡으로 피아니스트들의 마지막 종착지이며 '끝판왕' 곡이라고 한다. 따님은 이 곡에 어떤 의미를 부여하고 신청했을까? 삼십오 년이라는 외길을 흔들리지 않고 묵묵히 출근한 팡파르며, 이제는 성취한 당신만이 누리는 특별한 여름방학이 시작되었음을 알려주는 서곡이었을까? 그 순간만큼은 복잡한 호흡을 가다듬고 '장

기휴가 과제'를 풀 때라고 응원하는 딸의 존재가 가장 큰 선물이 되었을지도 모르겠다.

빠른 템포 피아노곡 볼륨이 작아지면서 '내비'가 안내 멘트와 경고음을 낸다. 마을을 통과하기 전 제한속도 카메라가 있다고 알려주는 소리다. 속도계의 눈금을 조절할 때다. 엑셀에서 발을 떼어야 한다. 눈에 익숙한 주변 건물과 일터다. 수십 년 동행이라 눈 감아도 분방하던 체취의 흔적이 선명하게 녹화된 곳이다. 미련이 발을 무겁게 만든다. 미성숙한 기교와 서툰 몸짓으로 관객의 눈길은커녕 허술한 자국투성이 천지다. 풀지 못하고 미루어 둔 과제가 산더미다. '목적지 근처'라고 반복해서 재촉한다. 아직은 협주곡 연주가 다 끝나지 않았는데….

환청일까? 방학하는 날은 며칠 남았는데 두 아이의 목소리가 100.7을 타고 들려온다. 아침마다 상념의 실타래를 풀면서 서둘러 달려왔던 출근길이 존재했던 의미라고, 난해한 '끝판왕' 곡은 개학하는 아침을 위해 남겨 두란다. 멀고 먼 길이라 여겨졌던 방학이 얼마 남지 않았다. 몸과 마음이 묵직한 기분으로 달아오른다. 긴 휴가가 바로 코앞이다. 개학하는 날까지, 시계추에 묵혀진 불안의 녹을 털어내고 나에게 주어진 특별한 방학 과제물을 잘 챙겨야겠다. 그날 아침은, 천천히 계절이 준비한 도로를 음미하면서 출근길 한편에 흘려 두었던 협주곡 연주를 끝까지 마저 들어야겠다.

이재천 | 『월간문학』 수필 등단(2018년). 한국문인협회, 대표에세이문학회, 아람수필문학, 표현문학회 회원. E-mail : chon411@naver.com

아버지의 시간

신삼숙

　　아버지의 시간을 들여다본 적이 거의 없었다. 아버지는 늘 그 자리에 있는 분인 줄 알았고 그가 해주는 모든 게 당연한 일로 알았다.

　아버지를 의식하기 시작했을 때는 그가 세상을 하직한 뒤였고 그나마 나 살기 바빠 곰곰히 생각하지 못했다. 우연히 받게 된 아버지의 한시 「실향민 유정失鄕民 有情」에서 '이런 재주도 있었구나'를 깨달았고 달리 생각하기 시작했다. 평소에 쓰다, 달다 표현이 없던 분이기에 속마음을 알아차리지 못했다. 시의 한 구절 何日是歸年(어느 해에 고향으로 돌아갈꼬)를 보며 '아, 아버지도 고향을 몹시 그리워했구나'를 헤아렸다. 홀로 내려와 친정 없는 서러움에 애달파 하던 엄마에게만 고향이 그리운 줄 알았다.

　아버지의 존재를 크게 느끼지 못했던 내 마음이 진짜 모습은 못 보고 액세서리로 치장한 모습만 보게 했을 수도 있었겠구나 싶었다. 살아계실 제 더 깊이 느끼고 고마움을 가져야 했는데 무심하게 보내고 이제야 커다랗게 비치고 있다.

평소에는 챙기지 못하다 아쉬울 적에는 필요로 했다. 남편이 원단 사업을 할 때 소송이 들어왔다. 아이들과 집에서 평화로운 시간을 보내고 있는데 법원에서 나왔다며 사람이 찾아왔다. 그 사람이 내민 봉투는 부동산 가압류 봉투였다. 생소한 압류라는 뜻밖의 말에 뭔 말이냐는 듯 의아해서 쳐다보는 나에게 그 사람은 차분하게 설명했다. 그러면서 한 달이라는 시간이 길어 보이지만 절대로 길지 않다며 서둘러 준비하라 일러주었다. 아이들은 재미있게 갖고 놀던 블록을 치우고 재잘거리던 입을 다물었다. 나는 숨 고르기를 하며 침착함을 잃지 않으려 애썼다.

아버지는 나의 이야기와 서류를 보고 말을 잃고 있었다. 딱하다는 듯이 나를 보고는 같이 변호사 사무실을 동행해 주었다. 그 이후 필요한 공탁금 마련을 해주었고 한 달에 한 번씩 돌아오는 재판일에도 같이 가주었다. 내 기준에서 보면 상대방이 무서운 사람이었기에 아버지에게 부탁을 드렸다. 재판이 끝나면 법원 찻집에서 고소인을 만나는데 그때 멀리서 나를 지켜주기를 부탁했다. 나의 뒤에는 든든한 백이 버티고 있기에 진정할 수 있었고 담담하고 당당하게 그를 대할 수 있었다. 그는 나의 그런 태도에 당혹함을 감추지 않은 적도 있었다. 아버지라는 거대한 버팀목이 있었지만, 사실은 진실이 반드시 바위를 뚫을 거라는 믿음도 있었다.

일 년여를 끌던 재판은 합의로 끝나고 이득도 없이 서로에게 상처만 남겨주었다. 훨훨 날 줄 알았는데 시름시름 앓기 시작했다. 숨이 차기 시작하면 그치지를 않았다. 내 병에 의사는 이유를 알 수 없다 하고, 죽음에 대한 불안은 시도 때도 없이 들이닥쳤다.

끼니를 못 때웠을 딸을 위해 아버지는 냄비를 들고 나타나셨다. 냄비 안에는 사골곰탕이나 내장탕, 뼈다귀해장국 등이 들어있었다. 당신이 좋다고 생각한 음식을 빈 냄비를 들고 맛집이라고 소문난 음식점에 가서 사 왔다. 식성이 비슷해서인지 그 국물을 떠먹고 기운을 차리곤 했다. 고맙기는 고마웠다. 그리고 죄송했다. 하지만 딸을 향한 아버지의 마음을 더 구석구석 읽었어야 했는데 겉치레 인사만 한 거 같아 마음이 아프다. 자신의 힘듦만 생각했지 애가 탔을 아버지 마음은 못 읽었다.

글쓰기를 배우러 다니며 그들의 글에서 치열하게 살아온 인생을 본다. 부모의 도움 없이 자력으로 삶을 헤쳐온 여정을 보면서 내가 얼마나 많은 혜택을 누렸는지 느꼈다. 그들은 내가 관심 없게 흘렸던 일들이 얼마나 감사한 시간이었는지를 배우게 해주었다. 당시 나는 누리는 생활을 당연한 듯 받아들였고 한편으로는 남과 비교하며 부족한 것에 안달을 떨기도 했다. 철이 그때야 들었다. 공부가 고프지도 않았고 배를 굶주리지도 않았다. 물론 돈은 언제나 아껴 써야 하는 대상이지만 그로 인해 서러움은 겪지 않았다. 돈에 대해 고달픔이 있다면 그는 부모의 몫이었다. 나는 아주 작게 느꼈을 뿐이다. 아버지에게 잘해드리고 싶은 마음은 있었어도 여건이 안 돼 못하는 거라 인정해 마땅한 일이라 가볍게 여겼는지 모른다. 그냥 내 복이라 싶었을까.

어쩌면 아버지는 내게 기대를 크게 걸었을 수도 있다. 호기심이 많은 나는 신문을 읽는 아버지 옆에 앉아 물어보기를 좋아했다. 성가셔 하지 않고 의외로 대답을 잘해 주었다. 그 보답은 초등학교 입학식 날 취학통지서도 안 나온 나를 슬그머니 꽁무니에 세웠다.

모두를 당연지사로 여기며 뻔뻔하게 받았다. 물질로 못 하면 마음이나 따뜻한 말로 위안을 드렸으면 좋았을 터인데 그마저 제대로 한 게 없는 듯하다. 아버지는 문밖에 세워 놓고 항상 내 자식이 우선이었다. 나 살기 위해 효도는 나중으로 밀쳐놓고 살았다.

그나마 위안이 된다면 아버지가 간암으로 여의도 ㅅ병원에 입원했을 때 거의 매일 문병 다니던 일이다. 내 사정이 여의찮으면 당시 대학생이던 아들들을 보냈다. 아마도 마지막이 될 수도 있다 생각해서 할 수 있는 한 노력했다. 휠체어에 태워 밖으로 나오면 어린아이처럼 들떴다. 병원 생활의 불만과 답답함을 토해내며 삶의 애착을 보였다.

이제 부모가 돼 오랜 시절 살아보고 다른 사람들의 인생사를 엿보면서 나의 부모가 꽤 괜찮은 분들임을 알아본다. 그리고 내가 얼마나 운 좋은 유년을 가졌는지 뒤늦게 깨닫는다.

좀 더 일찍 아버지의 시간에 관심을 기울였다면, 함께했다면 이런 아쉬움은 남지 않았을 터이다. 입맛이 쓰다.

신삼숙 | 『월간문학』 수필 등단(2018년). 저서 : 수필집 『모자 죽음보다 깊은 생』, 공저 『생, 푸른 불빛』 외. 한국문인협회, 대표에세이문학회, 강서문인협회, 가산문학회 회원.

호주머니를 떼다

강지연

조끼를 좋아한다. 깃도 섶도 달지 않은 그 간단함을 좋아하고도 소매 없이 어깨로부터 시작되는 경쾌함을 더 좋아한다. 몸부림이 자유로우면 마음도 생기 있게 흘러 움직이는 듯해서다. 보온과 맵시 둘 다 누릴 수 있는 조끼는 겉옷이 두꺼워지는 계절에 그 쓸모가 확연하다. 적어도 내게는 으뜸의 옷이기에 가족에게도 자주 권하고 선물로도 즐긴다.

열 달 만에 만난 갓난아기에게 배내옷을 입혔다. 순백의 옷에는 여미는 고름만이 탯줄인 듯 달렸다. 아이는 하루가 달랐다. 얼마 지나지 않아 몸을 뒤집더니 어느 날은 작은 두 발을 하얗게 버티고서 앞으로 나아갔다. 난생처음 스스로 하는 여행이 시작되었다.

아이는 호기심이 채워질 때마다 자기 주장도 강해졌다. 배고프거나 졸릴 때 알리던 본능적인 울음소리에 고저를 만들고 장단을 넣으며 구체적으로 의사를 표현했다. 단추를 거추장스러워하는 듯하더니 앞섶을 풀어헤쳤다. 첫걸음마를 떼고 밖에서 노는 시간이 많아지면서 주머니가 있는 옷을 원했다.

고양이 그림이 앙증맞은 천을 골랐다. 커다란 호주머니를 덧달아 놀이 조끼를 만들었다. 놀이터에서 돌아온 아이는 호주머니에 넣어간 콧수건 대신 도토리나 살구나 묵직한 자갈돌을 넣어왔다. 수시로 뜯어지는 주머니를 여러 번 꿰맸으나 열매를 욕심껏 몰아넣은 다람쥐의 양 볼처럼 볼록하게 튀어나온 주머니는 제자리로 돌아가지 않았다.

아이가 옷 모양새를 망가트리는 무모한 욕심만 부린 것은 아니었다. 자라나 가슴 푸른 시절에는 바른 탐으로 노력한 결과가 주머니를 뚫고 나오기도 했다. 세상을 알아가면서 주머니에 터무니없는 욕심 따위는 넣지 않는 지혜도 갖게 되었다. 오히려 과감히 비울 줄 아는 어른이 되려고 노력했다.

바람에 찬 기운이 또렷해졌다. 아무리 고단해도 하루를 마치기 전에는 좀처럼 누울 줄 모르던 엄마가 허리가 들쑤신다며 몸을 눕혔다. 나도 마주 보고 누웠다. 엄마는 그가 젊었을 적, 그러니까 내가 어릴 적 이야기를 들려주었다. 그의 품에 깃들어 자란 기억대로 나의 아이들도 그리 품고 키우며 그의 시간을 겪어나갔다.

그는 나의 옷을 내내 만들어 입혔다. 나도 그에게 보잘것없는 것으로나마 손썻이하고 싶었다. 그가 초로의 노년을 맞이하고 내 중년의 시작이 덧놓이던 몇 년간 그와 나는 몸집이 비슷했다. 근래 그는 살이 조금 빠진 듯 보이나 내 치수대로 만들면 얼추 맞을 것 같았다.

섣달의 매화가 화사하게 그려진 감을 펼쳤다. 겉감과 안감을 등끼리 마주 보게 대고 옷본을 올렸다. 가볍고 따뜻한 목화솜을 사이에 넣고 누볐다. 꽃 모양대로 퀼팅을 한 번 더 하였다. 납매가 잔잔히 올라온 매화 가지 하나가 그녀에게 힘을 주려는 듯 도드라졌다. 바이어스를 두르고 커다란 복 단추 하나 달았다. 그에게 잘 어울릴 거라는 생각에 조금의 의심이 일지 않는 누비 조끼가 완성되었다. 바느질감 뒷정리도 하지 않은 채 조끼를 싸 들고 그에게로 내달렸다.

이상했다. 요사이 그의 허리가 눈에 띄게 굽긴 했지만 그럴 리가 없는데, 조끼가 작은 듯했다. 어디가 불편한지 여쭈었다. 그는 양팔을 천천히 들더니 한 손으로 끝까지 가 닿지 않는 반대편 옆구리 쪽을 가볍게 두드렸다. 너무 쉽게 생각했다. 살집은 내렸지만 더해진 나이만큼 몸은 유연을 잃었을 터, 옷 폭에 여유가 있어야 하는 것에 무심했다. 나이가 옷을 입는다는 숱하게 들은 진실을 또 놓쳤다.

집으로 돌아와 에넘느레한 바느질감 속을 뒤적였다. 마침 양쪽 겨드랑이 아래에 무를 댈 만큼 충분한 자투리 천이 남았다. 속 바느질을 잘해야 겉이 곱다는 그의 가르침대로 꼼꼼히 박음질해 놓은 조끼의 옆 솔기를 쪽가위로 텄다. 그는 줄자 하나 없이도 한 뼘 두 뼘 늘려가며 해마다 나에게 꼭 맞는 옷을 만들어 입혔는데….

매화꽃을 생기있게 피워올렸던 퀼팅 실이 잘려 나가면서 솜을 끌고 나왔다. 솜이 줄어들면 행여 보온력이 떨어질까 조심조심하였으나 아무리 조심스레 다룬들 실에 딸려 나가는 소실까지 붙잡지는 못했다. 역설이었다. 백약이 무효한 상처에 유일한 치료 약이기도 하나 손가락 사이로 덧없이 빠져나가는 모래알처럼 어찌할 수 없는 것, 시간이었다. 아이에게 피를 돌게 하고 살을 찌우던 기력이 서서히 약해지며 그의 몸이 휘지었다.

더 추워지기 전에 서둘렀다. 다행히도 늘어난 무만큼이나마 여유가 생겼다. 그는 조끼 주머니에 좋아하는 초콜릿 사탕 몇 알과 자식이 준 용돈 몇 푼을 넣어두고 좋아했다. 언제부턴 가는 그마저도 하나둘 도로 내어주더니 짓무르는 눈가를 닦아내는 손수건만이 들앉아 주머니는 홀쭉해졌다.

그는 기억하지 못했다. 등허리가 시릴 때 만만하게 입을 수 있는 옷이 조끼라고 나한테 가르쳐 주었는데, 조끼를 입고서도 몸에 한기가 든다는 말이 잦아지더니 움직임이 확연히 줄었다. 얼마 지나지 않아 스스로 하던 여행이 멈추었다.

그는 아이처럼 작고 가벼워졌다. 어느 하루, 나를 엄마라 부르더니 얼마 지나지 않아 조끼를 벗어 놓고 하얀 수의를 입었다. 그가 세상 떠나는 길에 입고 나선 옷에는 배내옷처럼 호주머니가 없었다. 처음 모습 그대로 떠나가는 것이 인생이라면 왔던 곳으로 돌아가는 일이 갈라놓을 수 없는 삶의 일부라면, 무無는 처음이자 마지막이고 전부이며 영원한 자유였다.

대처로 떠난 아이와 엄마가 벗어두고 간 두 벌의 조끼에서 호주머니를 떼어냈다.

강지연 | 『월간문학』 수필 등단(2018년). 한국문인협회, 대표에세이문학회, 전북수필, 전북여류문학회 회원. 전북문인협회 사무처장, 행촌수필 사무국장.

내 이름에 대한 고찰

정석대

　　나라 정鄭, 주석 석錫, 큰 대大, 나의 이름이다. 글자 그대로 해석하면 '나라에 무엇이 되어 큰 인물이 되어라'라고 한 것 같은데 자세히는 모르겠다. 또 주석 석錫, 말 두斗, 이것은 내 쌍둥이 형의 이름이다. '돌머리'라는 뜻이 아닌데도 불구하고 이름 때문에 어릴 적에 놀림을 많이 받았다. 왜 그렇게 지었는지는 지은 사람만 안다. 어찌 되었든 작명가가 지은 것은 분명하다. 5대 독자로 내려오다가 한꺼번에 손자 쌍둥이를 본 조부께서 외실이라는 마을에 철학관을 운영하는 사람에게 직접 가서서 받아온 이름이다. 거역할 수 없는 뜨거운 핏줄의 당김을 가지고 삼십 리 길을 두근거리며 가셨을 할아버지의 마음은 어땠을까? 쌀 한 가마니 값을 치르고 지어온 이름을 품에 넣고 돌아오는 할아버지는 쌍둥이 손자의 축복 기도를 얼마나 많이 하셨겠는가? 그렇게 지은 '석대'와 '석두'. 흔하고 쉽게 불릴 수 있는 이름이 아니어서 어릴 때는 '대야와 두야'로 불렸다.

호랑이는 죽어서 가죽을 남기고 사람은 죽어서 이름을 남긴다고 했다. 이름 석 자 남에게 알려지기가 그리 쉬울까마는 그래도 과연 내 이름은 인터넷상에 몇 번이나 올라가 있을까? 하는 궁상이 들었다. 쌀한 가마니 값은 했을까? 궁금한 나머지 인터넷에서 내 이름을 검색해 보았다. 물론 인물 백과에는 있을 리 없다. 무명의 글쟁이가 바라기에는 좀 과했다 싶지만 내심 등단 작가인데 약간은 기대했다. 그래도 간간이 글도 발표하고 공모전 수상도 몇 번이나 했는데 이게 웬일인가? '정석대학교'라는 대학이 있는 모양이다. 그 대학에 대한 글들만 줄줄이 올라온다. 몇 페이지나 넘겼다. 이번에는 바둑의 '정석'에 대해서 연이어 올라 왔다. 끝났는가 싶더니 '인생을 정석대로 살아라.'라는 충고의 명언들이 한 무더기를 차지했다. 그 당시의 작명가는 이런 애로 사항은 상상하지 못했을 것이다.

한참이나 내려가다 드디어 어느 카페에서 올린 나의 이름을 맞닥뜨렸다.

"3회 동기 정석대님께서 어젯밤에 불의의 사고로 운명하셨습니다."

그 밑에는 흔한 '삼가 고인의 명복을 빕니다'라는 댓글 하나 없었다.

씁쓸히 입맛을 다셨다. 나는 거기서 분명히 죽어있었다. 쓸쓸한 묘지, 삼 일간 내 영정 사진틀에 붙어있다 버려진 시들은 국화송이가 바람에 휘둘려 파들파들 떨고 있고 곁에는 풀벌레 한 마리가 기웃거린다.

내 이름조차도 이런데 '석두'라고 지어진 형의 이름을 검색한다면 어떤 말들이 쏟아질까 두려워 검색을 하지 않았다. 할아버지가 그 당시 상머슴의 일 년 치 세경에 해당하는 거금을 들여서 지은 값비싼 이름이다. 할아버지는 손자들의 이름자를 가슴에 안고 '대야, 두야'가 자라나는 모습을 넌지시 지켜보았을 것이다. 나라에 큰일을 하는 일꾼이 되라는 열망과 함께.

과연 나는 그렇게 살았을까? 나라에 큰일을 했다, 안 했다는 것은 내 생애 안에서는 증명하지 못한다. 그것은 역사가 증명해야 하는데 슬프게도 불을 보듯 뻔하다. 이미 회갑을 넘긴 나이고 사십 년이나 밥벌이를 하던 직장에서도 밀려나와야 했다. 냉정하게 말한다면 허망하지만 앞으로 남은 생에 큰 이름을 남길 가능성은 사실 없다고 봐야 한다.

꼭 정치가 유명한 문인이나 큰 부자가 되어야 이름을 남기는 것은 아니다. 나는 가열하거나 치열하지는 않았지만 성의껏 살아왔다.

세상을 만드는 사람은 한두 사람의 성인에 의해서가 아니다. 그저 열심히 살아온 민초의 삶이 역사를 만들었고 또 이후로도 계속 만들어 나갈 것이다. 나도 모르게 저질렀을지는 모르지만 아직 남에게 피해를 주거나 죄를 지은 기억도 없다. 지극한 평민이다. 꼭 인터넷에 줄줄이 올라와야 이름값을 한 것이 아니라고 안위하고 싶다.

어쨌거나 나와 형은 이 나이까지 무탈하게 살아왔다. 회갑을 넘겼으니 수명으로는 본전은 한 셈이다. 그 이름 덕분으로 형은 화가로 나는 수필가로 예술에 열정을 쏟으며 가열하게 살고 있는 것은 틀림없다. 결론을 말한다면 할아버지가 그 당시 거금을 들인 보람이 지금 우리가 받아먹고 있는 셈이 아닐까 한다. 할아버지가 치른 그 이름값에 보답하기 위해서라도 남은 생은 더욱 분발해야겠다.

정석대 |『월간문학』수필 등단(「큰 바위 얼굴」 2018년). 수상 : 한국기록문학상 은상, 샘표간장주관 믿음수필 당선, 좋은생각 생활수필 공모전 당선, 고모령 효축제 수필 최우수상, 월간문학 한국인 공모전 은상, 리플레시 수기 부문 대상, 부천 신인문학상, 건강관리공단주관 수필 당선, 전라북도 인권문학상, 충청남도 인권문학상 등 다수. 저서 : 수필집『이바구』(문학나눔 우수도서 선정). 한국문인협회, 대표에세이문학회 회원. E-mail : jungsukdae@hanmail.net

가족 여행

박용철

케이블카가 개통되어 운행되고 있었다. 하늘이 어둑해져 망설였지만 살아있으니 타보자고 했다. 대여섯이 탈 만한 아담한 크기여서 부모님, 누나와 함께 올랐다. 유달산 북편에서 움직이기 시작한 케이블카는 중력을 극복하며 정상 근처까지 올랐다. 몸이 높아지면서 우울했던 마음에 슬그머니 설렘이 다가왔다. 빗방울이 톡, 유리창에 떨어져 한쪽 경치를 가리더니 뭉치듯 흘러내려 아래 숲으로 빨려 내려갔다. 그래도 방울 사이로 세상은 비쳐서 이야기 가득한 시내를 바라볼 수 있었다. 셋, 다섯 불이 켜지면서 각자의 빛을 발산하고 빗속에도 빛은 계속 밝아져 도시를 하나로 묶어주었다. 도시의 끝자락에 30분 전까지 머물렀던 장례식장이 보이는 듯했다. 목포 사시던 외숙모님이 어제 돌아가셨다.

장례식장에 도착하자 빗방울이 톡, 머리에 떨어졌다. 현관에 들어서

자 안내 화면에 외숙모 사진과 이름이 보였다. 찾아갈 때마다 ○○이 왔냐며, 함박웃음으로 반겨주던 외숙모 이름을 처음 알았다. 잘 알려진 시詩에서 이름을 불러주면 꽃이 된다고 했다. 외숙모는 나를 꽃으로 만들어 주었는데, 나는 외숙모님을 그저 몸짓으로 취급하지 않았는지 새삼스레 받기만 했다는 생각이 스몄다.

아버지 연세가 구순이라 주변에는 인사하러 오는 사람들로 북적였다. 부모님이 식장을 나오자 상주를 비롯하여 친인척이 일제히 따라나오면서 배웅해 주었다. 깃털처럼 가벼운 어머니는 비바람에 날아갈 것만 같았다. 아버지는 빗속을 어슬렁거렸지만, 어머니는 결국 눈물을 터트렸다. 부산 언니도 가고, 목포 올케도 갔다는 어머니의 탄식이 평소에는 헤어짐을 아쉬워하는 모습으로 보였으나, 이제는 떠나는 순서의 앞자리에 있음을 새삼 느끼는 것으로 보였다. 배웅 나온 친척들은 몸 둘 바를 몰라 했다. 마땅한 위로의 말을 찾지 못했다. 나에게 어머니 잘 모시라는 당부만 되풀이했다. 잠깐 걷다 되돌아보니 배웅 나온 식구들이 현관 발코니 아래 가득 모여 한껏 손을 들어 주었다.

케이블카가 유달산을 넘어서자 바다와 섬이 펼쳐졌다. 항구에서 출발한 여객선이 비를 맞으며 육지와 섬 사이로 물살을 갈랐다. 바닷길을 떠받쳐 줄 커다란 탑이 유달산 어깨와 높이를 겨루며 튼실함을 뽐내고 있었다. 케이블카가 가파르게 내려가면서 속도가 빨라지는 것 같았다. 나도 모르게 손잡이에 힘이 들어갔다. 누나는 케이블카는 항상 간격을 유지하기에 오를 때나 내릴 때나 속도가 같다고 했다. 막연히 오를 때만 중력을 극복한다고 생각했는데 내려갈 때도 중력을 극복하고 있었다. 기계나 사람이나 자신의 위치를 유지하기 위한 지난한 노력을 계속하는 것이었다.

중력이 모든 물질을 중심을 향해 끌어들이듯이, 시간은 살아있는 것을 죽음으로 끌어들인다. 사람은 삶과 기억으로 존재를 유지하려 하지만 시간과 함께 기억은 약해지고 존재는 사라진다. 이 시간도 장례식장의 조문객들이 외숙모님의 모습을 기억할 것이다. 그러나 시간이 지나 기억의 저편으로 사라진다 해도 그리 서운한 일은 아닐 것이다.

반환점인 고하도에서 해넘이를 보았다. 섬과 섬 사이에 걸친 해는 거무죽죽한 하늘을 뚫고 붉은 기운을 발산하고 있었다. 그 불그스름한 색 속에는 은근히 노란 기운도 있고 얼핏 푸른 기운도 있어, 다채로운 색만큼이나 다난했을 세상의 하루가 시큰하게 다가왔다. 서편으로 넘어가는 해에게 이 순간은 하루의 끝일까, 시작일까.

아침에 진도에 있는 선산을 찾았다. 마을 뒤 개울을 따라가면 널찍한 밭을 지나게 되고, 산기슭에 이르면 선조님을 모셔놓은 십수 개의 선묘가 예스러운 빛 그윽하게 자리 잡고 있었다. 선조님들은 이 세상을 떠나 저세상에서 잘살고 있는지 알 수는 없다. 그렇지만 이 세상에 남아있는 묘지는 그저 그 자리에 있는 것만으로도 존재감을 과시하고 있었다. 시간이 흘러 사방으로 흩어진 후손들을 하나로 묶어주어 서로 우애를 다지게 해주었다. 그렇게 살아있는 가족은 돌아가신 조상님 덕에 시간의 힘을 저지하고 있었다.

진도대교 아래 울돌목을 찾는다. 잔물결이 끊임없이 부딪혀 삼각파도를 만들고 있다. 400여 년 전 한바탕 해전으로 무수한 기억이 쓰러져갔던 곳이다. 그날의 이야기는 지금도 소설로 영화로 계속 솟아나고 있다. 시간의 힘으로 지울 수 없는 삶의 기억도 있는 듯하다. 하늘엔 빨강 노랑 둥그스름한 상자들이 하늘거린다. 산을 오르내리던 케이블카가 요즘엔 바다를 넘나들고 있다. 휘돌아 부딪혀 울음 짓는 파도는 도도히 흘러가고, 비 갠 날 푸른 하늘의 케이블카는 둥실 날고 있다.

박용철 | 『월간문학』 수필 등단(2019년). 한국문인협회, 대표에세이 문학회 회원.

순례 2

권 은

　　하얀 국화꽃 한 다발을 차에 싣는다. 싱싱한 꽃의 향기가 그 윽하다. 화병에 꽃을 잘라 꽂는다. 향기가 퍼지는 만큼의 슬픔이 당분 간 집 안에 머물 것이다.

　노란 국화꽃에 둘러싸인 어머님의 영정 사진이 어디선가 본 듯한데 선뜻 떠오르지 않는다. 가족관계를 증명하는 기계 앞에서 아버님 지 갑의 신분증을 꺼내다 나온 사진, 바로 그 사진이다. 장애인등록증에 있는 어머님의 사진이 영정사진으로 쓰인 것이다. 다들 어머님 모습 이 아닌 것 같다며 아쉬워하니 아버님은 원래 사진 속의 어머님은 귀 염성이 있는데 이 사진은 그게 빠져서 본인 같지 않다며 혀를 차신다.

　아버님 눈에는 어머님이 더 고운 모습으로 자리 잡고 있나 보다.

　영정사진을 앞에 두고 절을 올린다. 마지막으로 먼저 가신 부인에게 술 한잔 올리고 절을 하는 발인을 한다. 술잔을 받아 술을 따르는 아버님의 손이 떨린다. 아버님의 떨리는 뭉툭한 손을 잡아드린다. 잡은 내 손이 아버님의 거친 손에 비해 너무 부드러운 것 같아 죄스럽다. 한 사람을 끝까지 책임지는 게 진정한 사랑일까.

"잘 가시게. 이 세상에서 고생했으니 저 세상에서는 제발 건강하게 잘 사시게."

울먹이는 아버님, 참았던 눈물이 터진다. 모두들 숙연히, 그 시간을 견딘다.

그동안 참고 있던 아들과 딸들도 함께 큰 소리로 운다. 아버님 울음의 깊이를 어느정도 알고 있기에 슬픔이 전이된 것이다. 어머님은 그 깊이를 아실까. 60여 년의 세월을 한 여자와 가족을 위해 사신 아버님의 숭고한 시간을.

화장을 하고 납골묘에 안치하고 돌아와 난로 앞에 모여 앉아 아버님의 지난 이야기를 듣는다.

어머니는 네 살 때 돌아가시고 난리통에 아버지가 폭격을 맞아 돌아가신 게 일곱 살, 이후 큰집에 얹혀사신 이야기부터 시작이다.

조실부모하고 친척 집에서 스무 살까지 살다 6·25 전쟁이 나서 군대에 가게 되었는데 다행히 후방으로 발령 나 행정병으로 복무를 하던 중 논산을 거쳐 결국 제주도까지 후퇴한 이야기. 보리밥을 얼마나 드셨던지 지금도 쌀밥이 최고인 줄 아시는 아버님의 식성은 그런 고

생에서 나온 결과였다.

"그럼 어머님은 언제 만나셨어요?"

"제대하고 나서 먼 친척이 개성 사람인데 이만한 사람 없으니 만나 보라고 해서 만나게 되었지. 체구는 작지만 손도 야무지고 착하고 이뻤어. 결혼 후 첫째가 태어날 무렵 예비군 동원 명령이 내려져 3개월간 갔다 온 사이 애를 낳게 되었는데 아이가 거꾸로 들어서 난산이었나 봐. 겨우 쌀 한 말밖에 없는 살림에 나는 예비군에 동원되어 가고 큰아버지가 70리를 걸어가 의사를 모시고 와 간신히 애를 낳았는데 의사에게 줄 돈이 없으니 있던 쌀을 한 됫박만 남기고 다 들려 보냈다지 뭐야. 내가 돌아와 보니 애는 낳았고 집에 먹을 쌀은 없어서 날품팔이와 온갖 일을 다 해 세 식구가 겨우 먹고살았지. 그래도 내가 종축장에 취직이 돼서 한 6년은 잘 살았어."

"어머님은 언제 병이 들었어요?"

"셋째까지 낳고 나서였지. 큰애가 일곱 살 무렵인데 밥할 사람이 없는 거야. 나는 일을 해야 식구를 먹여 살리는데. 그동안 벌은 건 엄마 병 고친다며 다 써버리고 지금도 그렇지만 그때는 남 부끄러워 말도 할 수 없던 병이니까. 수소문 끝에 중곡동에 국립병원이 있다는 걸 알아서 거기다 맡기기도 하고 별수를 다 써봤어. 그런데도 고칠 수가 없는 병이니 어떡하겠어. 그게 지금까지 온 거야."

"아범 위에 형도 하나 있었다면서요."

"네 살 많은 아들이 있었지. 걔가 큰아들인데 똑똑하고 인물도 좋았는데 네 살 때 죽었어. 회충 때문인지 정확히는 알 수 없어. 병원도 못 가봤으니까. 그 후 막내가 태어나서 혹시나 또 죽을까 봐 내가 중학생이 될 때까지 데리고 잤어. 아범은 아마 알 거야. 내가 저를 어떻게 키웠는지."

어머님 영정 앞에 아들이 술잔을 올리고 절을 한다. 아버님으로 인해 참았던 눈물이 웅웅 울림으로 터진다.

결혼 전 프러포즈 대신 내 가슴에 대고 웅웅 울던 그의 모습이 떠오른다.

서울에서 고향 집으로 돌아가는 그가 계속 망설이다가,

"소머리 국밥 먹으러 갈래요?"

그 말에 나도 모르게 따라갔던 그 길을 이제 와 후회한다.

눈으로 보고서야 이해하게 되었다는 말이 이런 거였을까. 새 밀레니엄이 시작되는 해에 30촉 어두침침한 불빛 아래 두 노인네가 70년대의 모습으로 살고 있었다. 연탄 보일러에 화장실은 밖에 있어 불도 들어오지 않고 방 하나는 구들방인 집. 고향이 서울에서 멀지도 않건만 왜 그리 가는 걸 힘들어했을까에 대한 답이 거기 있었다. 밥 한 그릇도 따뜻하게 먹여 보낼 수 없는 집. 그래서 밖에서 소머리 국밥을 먹고 들어가자고 했던 것이다.

그 집에 가서 나는 힘껏 밥상을 차려 드렸고 주말이면 아이와 함께 교회 대신 시댁으로 향했다. 살아계신 부모님을 자주 찾아뵙는 것이 신앙보다 중요하단 생각이었다. 구들방에 미리 불을 때서 따뜻하게 우리를 맞던 아버님, 마당에서 손자와 공을 차며 흐흐 웃으시던 모습, 마당 시멘트 갈라진 틈새로 가을이면 다홍 꽃을 피우던 맨드라미가 무성했던 집.

자손들이 모두 절을 하고 이제 장지로 떠난다.

어머님의 한 평생 순례는 어떠했을까.

손이 야무져 바느질도 잘했고 집안일도 척척 잘 해냈던 어머니, 병이 나고부터 남편과 자식들에게 참는 법을 무단히 알게 한 여인. 자식에게 응어리를 만들어 가슴 한쪽을 저리게 하고 그럼에도 손주들은 건강히 세상을 살아가게 만든 뿌리였을까. 그 뿌리의 심연에 아버님의 희생이 있었기에 가능했겠지. 마지막까지 한 남자의 지극한 사랑을 받아낸 행복한 여인이었을까.

순례를 마친 어머님의 사진이 텅 빈 방 누렇게 뜬 벽지 위 중앙에 걸려있다. 자신이 남긴 자손들의 사진을 마주 보면서.

권 은 | 『월간문학』 수필 등단(2020년). 한국문인협회, 대표에세이 회원.

바람개비 도는 언덕

허복희

　　동네 체육공원에는 커다란 바람개비 두 개가 서 있다. 기둥의 둘레는 한 줌 정도에 높이는 5m, 날개폭은 2m쯤 될까. 하나는 노란색이고 다른 하나는 은회색이다. 가느다란 기둥에 큰 날개가 힘겨워 보이는 바람개비는 동산 정상 위에 만든 높은 공원 위에 또다시 달팽이 등처럼 생긴 둔덕을 만들고 그 위에 고개를 빼고 먼 산을 바라보듯 서 있다. 놀이터보다 조금 더 큰 작은 체육공원에 바람개비를 어울리지 않게 높이 세운 이유가 무얼까 생각하게 한다. 민둥산 위에 꽂아 놓은 비쩍 마른 깃발 같은 바람개비, 색종이를 접어 수수깡에 꽂아 들고 달리던 내 추억 속 예쁜 바람개비와는 너무 동떨어진 모습이라 정감도 가지 않았다.

　　마음을 비틀어 짜면 한 바가지 물이 쏟아질 것 같은 우울한 오후, 무심코 걷다가 바람개비 앞에 섰다. '참 어울리지 않는 조형물'이라 여겼던 바람개비가 내 시선을 사로잡는다. 늘 있던 사물도 마음이 닿아야 보이나 보다. 멈춰 서 있는 줄로 알았던 바람개비가 돌고 있다는 것도 알았다.

한 차례 옷섶을 여밀 정도의 바람이 일자 입구를 정면으로 보고 서 있는 노란 바람개비는 단거리 선수처럼 빠르게 돈다. 방향을 틀어 옆쪽을 보고 있는 은회색 바람개비는 느릿느릿 여유롭게 돌아간다. 공원 둘레를 걷다 보니 이번에는 세차게 돌던 노란 바람개비가 느려지고 은회색 바람개비가 속도를 내고 있다. 두 바람개비 방향이 다르니 같은 자리에 서 있어도 서로 움직임이 다르다. 바람이 세게 불면 세게 부는 대로, 약하게 불면 약한 대로 각기 제 속도에 맞추어 돌아간다. 방향과 속도 모두 다름에도 어색함 없이 편안해 보인다. 앞서거니 뒤서거니 다툼이나 경쟁도 없이 느긋하다. 그들이 돌아가는 모습을 보고 있자니 하루에도 수없이 온탕과 냉탕을 드나들며 허둥대는 내 모습이 떠올라 헛웃음이 나온다. 나만의 속도로 잠시 멈출 줄도 세차게 달릴 줄도 아는 지혜가 부족했다.

빈 허공을 젓던 날개는 가까이서 보니 색도 바라고 여기저기 깨지기도 했다. 날개를 받치고 있는 기둥에도 긁힌 자국과 낙서가 빼곡하다. 세월에 부대끼고 사람에 시달린 흔적이 고스란히 남아있다. 나나 바람개비나 열심을 다해 사느라 상처가 무성한데 뚜렷하게 내세울 만한 것이 없다. 내 삶이 텅 빈 듯하다. 바람개비 상처를 쓰다듬는데 마음이 울컥한다. 허탈한 마음 날개 따라 빙글빙글 돌리다 보니 가슴속 먹구름들이 사라지고 몸도 마음도 가벼워진다. 바람개비는 그저 주어진 역할대로 돌기만 했을 뿐인데 마음이 치유되고 편안하다. 묵묵히 날개를 돌리며 자신의 소임을 다하고 있는 바람개비 따라 내게 맞는 보폭으로 충실히 살겠노라 다짐한다. 깨달음의 자리를 허락해 준 바람개비를 오랜 시간 모른 척하고 지내온 것이 미안하다. 참 많이 외로웠겠다.

문득 공원에 바람개비를 세운 이의 생각은 무엇이었을까 궁금하다. 힘든 세상살이에 잠시나마 동심으로 돌아가고 싶었을까. 보는 이들을 위한 것일까 자신의 소망을 담은 것일까. 녹록지 않은 삶 속에서 한없이 무너져 내린 존재감을 우뚝 세우고 싶었는지도 모르겠다.

도는 듯 쉬는 듯 서두르지 않는 바람개비. 마음을 내려놓고 느긋하게 살라고 나를 보듬어 일으켜 세운다. 마음이 어지러울 때면 언제고 찾아와 마음을 나눌 수 있겠다. 바람개비 날개가 만들어 내는 바람 소리에도 귀 기울여 봐야겠다. 작은 몸짓과 신음에도 서로 다독일 수 있도록.

다시금 바람개비가 돌자 바지랑대에 기대어 축 늘어진 빨랫줄 같던 마음이 바짝 당겨 올라가고 세상 속으로 달려갈 용기가 생긴다. 달리다 보면 넘어지고 생채기가 생기는 날도 있겠지만 작은 의미 하나 남길 수 있는 존재가 되리라 믿어 의심치 않는다.

누군가 바람 소리 들려오는 꿈을 꾸면 먼 곳에서 좋은 소식이 오고, 바람 불어 구름 걷히는 꿈을 꾸면 고난이 사라질 징조란다. 오늘 바람개비 서 있는 언덕에 바람 소리 가득하고 구름이 걷히는 꿈을 꿀 것 같다. 바람개비를 세운 이도, 바람개비를 바라보는 이도 모두가 나와 같은 꿈을 꾸었으면 좋겠다. 바람이 분다. 가슴에 바람개비 하나 가지고 공원을 내려온다. 바람개비 돌아가는 소리 가슴에서 전해진다.

허복희 | 『월간문학』 수필 등단(「동행」, 2021년). 한국문인협회, 대표에세이문학회 회원. E-mail : gjqhzl@nave.com

존재의 릴레이

오대환

　　수술실 침대는 죽은 사람을 눕히는 널보다 조금 넓다. 그 위에 환자를 눕혀 놓고 "이름은? 생년월일은? 어디가 아파 수술하는지?"를 물어본다. 그렇게 신분 확인이 끝나면 그 생명은 완전한 객체로 준비를 끝낸 셈이다. 마취 의사가 반투명 플라스틱 깔때기를 입에 갖다 대고 환자가 숨을 두어 번 들이마시면 땅이 꺼지는 듯 묵직한 느낌이 드는 순간 시간이 멎고 산 것도 죽은 것도 아닌 존재로 영육靈肉이 깜빡 기절氣絶한 시간이 흘러간다. 수술실에서 전신마취 당하고 오장육부에 칼을 대본 사람이라면 필시 '존재와 시간'에 대한 쌈박한 임상 체험(?)을 해봤으리라.

　　'존재와 시간', 철학이란 명제 아래 의식이라는 우주를 헤매는 영원한 수수께끼가 아닐까 싶다. 의식 또한 무량한 우주의 어느 한 부분이겠지만 의식은 생명체를 컨트롤하는 독보적 존재가 아닐까 싶다. 심장이 살아 있어도 의식이 없으면 가사 상태라 한다. 그러나 무의식 상태에서도 자율신경으로 생명은 유지할 수 있으니 없어도 있다고 할 수 있는 유일한 존재가 의식이 아닐까 하는 실없는 생각도 해본다. 시간의 흐름을 인지하는 것이 의식이라고 보면 죽음이란 멈춰버린 시간의 흐름을 말하는 것이리라. 결국 인간이 말하는 존재는 의식의 우주를 말함이리라.

데카르트는 "생각한다, 고로 존재한다"고 했다. 인본주의자들은 "참여한다, 고로 존재한다"고 했으며 밀레니엄 시대에는 "접속한다, 고로 존재한다."[1]로 존재의식이 변해왔다고 한다. 살아 있는 실존적 인간, 현존재Dasein[2]는 결국 의식의 활동이며 흐르지 않는 의식은 정지된 물질로서 객체일 뿐이다.

우주는 물질과 공간으로 이루어져 있고 물질은 곧 에너지라고 한다. 결국 무량한 하늘처럼 본질은 변함없이 형질만 변화무쌍한 존재라서 질량 불변의 법칙이 존재하는가 보다.

이 시대 최고의 자원인 반도체 규격에 등장하는 '나노미터'라는 단위는 머리카락 굵기의 10만분의 1, 상상조차 어려운 실물의 두께다. 존재의 바탕이 의식이라는 것을, 생각에 있음을 현대과학이 입증하고 있는 셈이다.

당대 미국의 거부 카네기로부터 건네받은 500여 저명인사를 인터뷰

---

1) 강태국, 「제레미리프킨의 공감시대」『한국문학인(59호)』에서 인용.
2) 하이데거의 용어.

하여 그들의 성공철학을 집대성한 나폴레온 힐(1883~1970)은 "생각 이야말로 가장 강력한 에너지이며 실패 뒤에는 그보다 더 큰 성공의 씨앗이 숨어 있다"고 했다. 과학의 눈부신 발달로 별나라를 가는 우주 선도 만들어내고 인류를 멸망시키고도 남을 핵폭탄도 만들어냈듯이 인간의 아이디어로 세상에 없던 것들을 만들어내 문명을 구가해 왔으며 이제는 공상 세계를 눈앞에 펼쳐놓는 가상문명으로 우주의 지평을 나날이 넓혀 가고 있다.

그런 마음으로 더 큰 우주를 바라보노라면 '하늘의 창조는 누구의 생각일까?' 하는 의문에 머물게 되고 이 대목이 신의 존재를 간증하고 있는 게 아닐까 하는 짐작이 간다.

기원전 2650년에 이미 현대 과학기술로도 불가사의하다는 피라미드가 세워져 열사의 사막에서 반만년 비바람을 견뎌내고 있으며 하늘 천天, 따 지地, 검을 현玄, 누루 황黃, 집 우宇, 집 주宙, 넓을 홍洪, 거칠 황荒… 허블 망원경의 존재를 꿈도 꾸지 못했던 1,500여 년 전 푸른 별의 존재를 한 눈으로 꿰뚫어 보듯 일사일언 250구 장편 서사시로 우주 삼라만상의 섭리를 설파한 천자문千字文을 읽다 보면 저자 주흥사周興嗣의 영혼은 하늘로부터 내려온 과학 이전의 존재 같기도 하고 아인슈타인이나 에디슨처럼 현대 과학문명을 밝힌 천재들과 인터넷과 SNS 시스템으로 가상문명을 활짝 열어젖힌 빌 게이츠 같은 인간의 영혼은 한 세상 쓰고 헌납하기엔 너무나 아까운 존재라는 생각이 든다.

그러나 '살아서 늘 변화하고 선택하는 능력이 있는 현존재' 인간이 높은 산에 사는 주목처럼 천년 푸른 삶을 누리지 못하고 겨우 백 년쯤 살다 가게 한 생멸生滅의 섭리야 말로 조물주의 묘수가 아닐까 생각해 본다. 세대를 바꾸지 않고 누대의 조상들과 함께 천년을 산다면 어떤 일이 벌어질까? 생각만 해도 끔찍하다. 부모 자식 간 의식격차도 이토록 아득한데 익숙한 것으로부터의 결별이 그토록 어려운 습관의 동물인데, 누대 조상들과 공생하는 세대는 차라리 별종이라 부름이 나을지도 모를 일이다.

하늘의 별조차 블랙홀에서 생멸의 길을 걷듯이 생명은 세대 간 릴레이로 존재해야 하는가 보다. 본질은 변함없이 형질만 천태만상인 이승에서 내세를 갈구하는 영혼에게 천당, 극락으로 환생의 희망을 갖게 하여 현생의 삶을 순화하고 있는 것 같다.

눈부신 햇빛, 무색 에너지 다발은 무지개로 제각각 갈라지고 나서야 비로소 빨주노초파남보 제 얼굴을 보이고, 하늘땅 사이 통역사 초록의 숨결을 거쳐야 만화방창 아름다운 꽃잎으로 환생한다. 시공을 바꿔서 탈바꿈한다. 시간이란 워낙 순간으로 이어지는 흐름이라 지나고 나서야 자각할 수 있는 찰나의 존재다. 그 이어감의 길고 짧은 의식의 차이가 다를 뿐인 '존재와 시간'이란 독립된 의식 주체, '자각自覺의 시효時效'이자 '소멸消滅의 예고豫告'이기도 하다.

매듭이 없고서는 거듭날 수 없다는, 영원이란 시간의 흐름 속에 '있음'을 새롭게 하기 위한 유일한 방책은 '없었다가 새로 시작하기'가 아닐까 싶다.

　하늘의 별들조차 자전 공전하다가 블랙홀이라는 소멸의 길을 따라 가듯이 무릇 존재란 흐름 역시 그런 모습이 아닐까 싶다. 우리네 존재도 알게 모르게 회자정리, 생자필멸의 둥근 궤적 그 길을 따라갈 수밖에 없지 않을까.

오대환 | 『월간문학』 수필 등단(2021년), 『순수문학』 시 등단(2013년). 수상 : 중앙일보 시조백일장 차하입상, 영랑문학상 시부문 우수상. 저서 : 수필집 『뒤돌아보면 눈에 밟히는 순간들』, 시집 『추운 날은 햇살이 곱다』 『번개사냥』, 서간문집 『군대를 즐겨라』. 한국문인협회, 광화문사랑방시낭송회, 대표에세이 회원. 고려대 농화학과 졸업(70학번), 제12회 기술고시(농림직, 1976), 농림부 명예퇴직, 친환경비료업계 퇴직.

여락서재餘樂書齋 주인의
나이 셈법

이대범

해가 바뀌면 누구나 나이를 먹지만 그 느낌은 사람마다 사뭇 다를 것 같다. 어른이 되고 싶은 어린 사람들에게는 나이를 먹는 일이 즐겁겠지만, 황혼을 바라보는 나이 지긋한 사람에게는 달갑지 않은 일이다. 사람에 따라 나이를 헤아리는 방식도 다양할 것 같다.

동창 모임에서 만난 친구가 '난 병원에 등원 도장을 찍으러 다니며 산다'며 내게 물었다. 일 년 동안 병원에 몇 번이나 가느냐고. 신장병으로 고생하는 친구다.

고혈압·당뇨·고지혈증·기관지염 등으로 치료받는 나도 자주 병원에 다니는 편이지만 그 횟수를 세어보지 않았던 터라 한 달에 두어 번 다닌다고 대충 대답했다.

테니스 동호회에서 만나 술친구가 된 모 원장이 운영하는 병원에 혈압약과 당뇨병 약을 받으러 일 년에 열두 번, 모 대학병원 호흡기 내

과에 네 번, 가정의학과에 세 번, 신경외과에 네 번 등 나중에 헤아려 보니 얼추 횟수가 비슷했다.

스물서너 번 병원을 드나들면 나의 한 해가 가는 셈이다.

방동리에 누거를 마련한 뒤로는 집 주변 풍경의 변화로 나이 듦을 체감한다.

농가월령가를 쓰듯 한 치의 오차도 없이 절기에 맞추어 밭을 갈고, 파종하고, 거름 내고, 거둬들이는 이웃들의 한 해 살이를 보면서 나이를 먹는다.

남정네들은 해토가 끝난 밭을 갈고, 아낙네들이 저마다 나물 보따리를 안고 버스 정류장에 모여 수다를 떨면 방동리에 봄이 온 거다.

농산물을 직판하는 아낙네들이 큰 길가에 좌판을 깔고 매실·옥수수·감자·참외·복숭아·자두·사과 등속을 차례로 내놓는다. 그러는 동안 주변 풍경이 태를 바꾸면서 고단한 여름을 지나 가을로 향하며 계절이 바뀐다.

가을걷이를 마친 땅에 거름을 내는 경운기 소리가 찬 공기를 가르고, 짧은 해가 꼬리를 감출 무렵 이 집 저 집 굴뚝에서 연기가 피어오르면 겨울이 온 거다.

그렇게 풍경의 변화와 더불어 나이를 한 살 더 먹는다.

내가 나이를 셈하는 기준은 몇 가지 더 있다.

예닐곱 번의 원정 술판을 포함해서 예순 번 정도의 술판이 끝나면 내 한 해는 다 가고, 거스를 수 없이 나이를 먹는다. 거른 삼백여 날이 아쉬워 못내 서운하지만 엄처시하라 예순 번으로 만족할 수밖에 없다.

대여섯 편의 연극 감상, 열두어 번의 음악 감상, 마흔 권 정도의 책 읽기, 백여 편의 영화 감상이 끝나면 한 해가 저물고 나이를 더한다.

그뿐이 아니다. 처가 방문 십여 차례, 경조사 챙기기 서른 번, 고물상 순례 쉰 번, 서점 방문 서른 번 정도를 마칠 때쯤이면 한 해가 마무리 된다. 그렇게 종심從心을 바라보는 나이가 되었다.

올해도 백여 일밖에 남지 않았다. 늦둥이로 문단에 얼굴을 내민 '여락서재餘樂書齋' 지기의 마음은 심란하기만 하다.

한국인 남자 평균 기대수명이 80세를 조금 넘겼다고 한다. 평균 기대수명을 허락받는다면 내 여생은 고작 12년 남짓일 터. 맑은 정신으로 살날은 그보다 훨씬 적으리라 생각하니 마음이 조급해진다.

동시에 살아온 지난날의 삶에 대한 회한이 밀려온다. 헛것에 씌어 두리번거리며 살아온 것은 아닌지, 잡을 수 없는 부질없는 욕망에 홀려 낯선 세상을 서성거린 것은 아닌지, 한순간도 내 것이 아니었던 것을 내 것인 양 움켜쥐고 아등바등한 것은 아닌지, 실체도 없는 영화가 나를 외면하는 것 같은 불안과 허기에 시달리며 나를 변방으로 내몬 것은 아닌지, 나와 상관도 없는 일에 나를 혹사하면서도 인생을 열심히 살았다고 착각한 것은 아닌지. 아직도 혼란스럽고 불안하기만 하다.

단어 하나, 단 한 문장도 건져 올릴 수 없는 혼돈의 저수지에 낚싯대를 드리우고 앉아 망연자실하고 있는 내 모습이 어른거린다. 그동안 익히고 부려 썼던 어휘들은 의미가 퇴색됐거나 뒤틀려 언어로서 기능을 상실한 지 오래다. 소통 불능의 언어들, 시어로서 사명을 다한 낡은 언어의 무덤 주변을 떠나지 못하고 서성대는 내가 과연 작가 노릇을 할 수 있을까 불안하기만 하다.

하이데거의 말대로 불안이 숙명과 같은 것이라면, 나를 엄습하는 불안을 기꺼이 감내할 수밖에 없을 터. 가장 낮은 곳에서 비상을 준비하면서 내 존재의 의미를 글쓰기에서 찾아보고 싶다. 불후의 명작 따위는 언감생심이다. 독자가 고개를 끄덕일 수 있는 글 몇 편이면 족하다.

남은 생애 동안 '여락서재'의 주인답게 여유롭게 즐기면서 글을 쓸 생각이다. 가끔 문우文友와 더불어 술잔도 기울이면서.

이대범 | 『월간문학』 수필 등단(2021년). 수필집 『방동리별곡』 『수필을 위한 반성문』. 한국문인협회, 대표에세이문학회 회원. 전 춘천연극제 예술감독. 현 『춘천국제고음악제』 이사장.

21세기 테리우스

박소미

　　푸릇푸릇 봄빛이 완연한 집 근처 K 고등학교로 산책을 나갔다. 흰 건물이 앞에 우뚝 세워져 있고 초록 잔디밭 옆으로 벚나무가 분홍색으로 물들어 환하게 미소 짓고 있었다. 나는 그 아래 나무 벤치에 앉았다. 농구 하는 학생들의 고함소리가 귓등을 때린다. 주위에는 붉은 영산홍이 만발하고 보도블록에는 여린 꽃잎들이 여기저기 나뒹굴고 있었다. 그리고 오랜 세월의 흔적이 덧칠해진 돌담은 초록 넝쿨을 커튼처럼 내리며 햇빛을 등지고 있었다.

　학생들이 스마트폰을 들여다보며 담벼락에 기대어 있다. 연둣빛 단풍나무가 바람에 살랑인다. 이윽고 연장들을 가득 실은 트럭 한 대가 비탈길을 천천히 내려간다. 중형 승용차 한 대가 그 뒤를 따라가고 학교 현수막이 펄럭인다. 어디선가 까치 소리가 경쾌하게 악기를 연주하듯 들려온다. 발밑에는 나무 그림자가 술렁술렁 기분 좋게 춤을 춘다. 까만 개미가 꽃잎 사이를 지나 빠르게 기어간다. 새 가방을 멘 어린 학생이 언덕길을 올라가면 반쯤 열린 철문이 은색으로 햇빛에 반짝인다.

따스한 볕이 좋아 아파트 화단을 혼자 걷고 있었다. 진분홍 철쭉꽃이 흐드러지게 피고 붉은 장미가 진한 향을 내뿜는다. 향긋한 냄새에 기분이 좋아져 잠시 사색에 잠겨 눈을 감았다. 그런데 순간 뒤에서 "테리우스!" 하고 누군가 급하게 부르는 소리가 들렸다. 그리고 멍멍 뛰어가는 하얀 털의 반려견과 그 뒤를 급하게 쫓아가는 검은 긴 스커트를 입은 여자가 내 앞을 훅 지나쳤다.

나는 달콤한 단잠에서 깬 것 같아 기분이 언짢았지만 반려견의 특이한 애칭에 처음 본 여자가 궁금해졌다. 그녀의 뒤를 쫓아 엘리베이터를 타고 같이 올라갔다. 15층 버튼을 누른 그녀는 무표정으로 반려견을 꼭 끌어안고 있었다. 호기심 가득한 눈빛으로 이름이 테리우스냐고 물어보았다. 그녀는 고개만 까닥거리고 살며시 미소를 지었다.

테리우스라는 이름은 아득한 학창 시절에 유명했던 만화책 속의 남자 주인공 이름이다. 제목이 『들장미 캔디』였던 것으로 기억된다. 캔디의 흑기사로 멋진 검은 장발을 하고 있었다. 여학교 시절 학교 앞 서점에는 참고서와 더불어 수많은 책을 팔고 있었다. 그 많은 책 중에 캔디 만화책은 굉장히 인기가 높은 장르였다. 시리즈별로 매달 한두 권씩 나오기 때문에 그날은 그 책을 사기 위해 학생들은 학교 수업을 마치면 재빨리 서점 앞으로 뛰어가서 길게 줄을 서곤 하였다. 나도 그중에 한 학생이었다 캔디는 밝고 씩씩한 고아 소녀로 나온다. 테리우스는 큰 성에 외롭게 살고 있는 캔디의 멋진 흑기사로 등장한다. 그 만화책은 많은 여학생의 마음을 두근거리게 하였고 캔디를 응원하는 많은 열혈팬을 만들었다. 특히 테리우스는 여학생들의 우상이 되어 큰 인기를 누리고 있었다.

어느 날 학교에 일찍 등교를 했는데 칠판에 누군가 캔디와 테리우스의 키스 장면을 커다랗게 그려 놓았다. 새로 신간이 나왔는데 마지막 페이지에 키스 장면이 나왔던 것이었다. 그 책을 본 여학생들은 서로 손뼉를 치며 난리가 났다. 마음속으로 신간을 빨리 사보고 싶었지만 수줍은 성격 탓에 표현은 못 하고 그동안 모은 용돈으로 뒤늦게 사서 읽었다.

앞표지에 늘 크게 웃던 노란 곱슬머리 소녀는 나에게도 우상이었다. 그림 솜씨가 썩 좋지는 않았지만 밝고 씩씩한 캔디의 여러 모습을 혼자 스케치해 보았다. 시간이 흐르고 어느덧 순정만화 그리기가 취미가 되었다. 지금 생각해 보면 그 열정으로 만화보다 공부를 더 가까이했더라면 나는 아마 우등생이 되었을 것 같다.

순정만화 그리기는 나의 사춘기를 좀 더 밝고 명랑하게 꿈 많은 소녀로 성장시켜 주었다. 만화 속에 나오는 캔디는 솔직하고 명랑한 성격이었고 힘든 일도 혼자 개척해 나가는 용감한 소녀였다. 나도 캔디처럼 되기를 희망하며 먼 미래를 밝게 꿈꾸었다.

학교 옆 서점 아저씨는 신간이 나오는 날에는 볼멘 목소리로 학생들이 자꾸 책장을 몰래 뜯어간다고 불만을 터뜨렸다. 우리들은 가끔 서점 아저씨의 꾸짖는 잔소리에 기분이 상했지만 습관처럼 신간이 나오는 날에는 그곳으로 우르르 몰려다녔다.

만화 속 주인공 테리우스가 지금 15층 여자의 반려견이 되어 내 앞에 나타나다니, 신기하기도 하고 호기심 가득한 마음으로 그 반려견을 쳐다보았다. 검고 맑은 눈망울로 나를 빤히 쳐다본다. 학창 시절을 설레게 했던 캔디의 흑기사를 생각하면 마음 한구석이 아련해진다. 테리우스는 앞머리를 분홍 리본으로 묶고 혓바닥을 반쯤 내밀고 있었다.

오늘도 음식물 쓰레기통을 들고 엘리베이터를 타고 내려가는데 그녀와 테리우스를 만났다. 그냥 반가웠다. 무엇인가 얘기를 나누어 보고 싶은데 그녀는 그럴 마음이 전혀 없는지 테리우스의 긴 목줄을 당기며 다른 곳으로 가버린다.

벚꽃나무 옆으로 울긋불긋 카페 간판들과 새하얀 파라솔이 보인다. 파라솔 아래로 맛있는 커피를 마시는 여자들이 보인다. 그윽한 커피 향이 공중으로 흩어지고 보도에는 흰 반려견이 주인을 쫓아 달린다. 여자는 목줄을 길게 하고 같이 달리고 있다. 쌩쌩 자전거를 타고 달리는 여자아이의 페달이 힘차게 앞으로 내달린다. 눈부신 햇살이 연두색으로 늘어진 느티나무 사이로 부서진다.

저 멀리 새 고층 아파트가 솟아 있고 꽃망울 매달린 나무 아래로 캔디와 테리우스가 뛰놀고 장난을 친다. 우리는 같은 시공간을 넘나들며 서로의 존재를 느끼며 즐거워한다. 나는 다시 어린 소녀가 되어 여린 마음은 온통 핑크빛으로 물들어 두근거린다.

한없이 넓은 하늘에는 괴로워도 슬퍼도 울지 말라던 캔디의 주제가가 울려 퍼지고 포근한 뭉게구름이 둥실둥실 하염없이 흘러가고 있었다.

박소미(박미숙) | 『월간문학』 수필 등단(2021년). 『월간문학』 청소년문학 등단(2020년). 『시문학』 시 등단(2020년). 계간 『시와소금』 아동문학(동시) 등단(2020년). 수상 : 한국여성문학대전 최우수상. 대표에세이문학회, 한국시문학문인회, 한국문인협회 회원.

냄새

이종원

"날래 엎디시라요."

"글카구, 엉덩이를 까시라요."

북한 여성 의료인이, 오른쪽 발목 부상으로, 응급처치를 위해 찾은 내게 건넨 말이었다. 속절없이 엉거주춤 바지를 내리자, '찰싹' 하는 소리와 함께 주사기가 꽂혔다. 2004년 금강산 관광길에 나섰다가, 온정리 야외 온천 욕탕에서 발목을 다쳐, 응급진료소를 방문하였을 때 일이었다.

문제의 발단은 이러했다. 해금강과 금강문 그리고 옥류 폭포를 관람한 후, 전날에 이어 금강산 온천장을 찾았다. 꿈에 그리던 비로봉 연봉을 한눈에 조망하며, 노천탕에서 하루의 노고를 푸는 즐거움을 만끽하기 위해서였다. 그런데 이게 웬일, 전날 여탕이었던 곳으로 안내하는 것이 아닌가. 남탕과 여탕을 하루씩 바꿔 가며 사용한다고 했다. 이러한 풍속은 일제 때부터 유래되어 왔다는 설명도 있었다. 그렇게 해야 성별 특유 냄새가 없어지고, 건강에도 좋기 때문이란다. 마치 실수로 여자 화장실을 들어갔을 때와 같은 심정으로 탕에 들어갔다. 갑자기 여성들이 몰려나올 것만 같은 생각으로 두리번거리다, 그만 발을 헛디뎌 넘어지고 말았다. 결국 안내원의 도움으로 응급실로 향했고, 다음날로 예정된 본격적인 만물상 등반은 포기해야 했다.

귀로에 금강산 온천에서의 남녀 욕탕 번갈아 사용하기, 그리고 아직도 남아 있는 일본의 남녀 혼욕 전통의 진실은 과연 무엇인지 곰곰 생각해 보았다. 문득 남자가 혼자 사는 집에서는 홀아비 냄새가 나고, 여자 혼자 사는 집에서는 과부 냄새가 나지만, 남녀가 함께 살면 중화가 되어 괜찮다는, 말하자면 섞임의 미학이란 속설이 연상되어, 짐짓 고개가 끄덕여졌다.

성별과는 상관없이, 연령에 따라서도 다른 냄새가 난다. 어린아이는 젖내가 나고, 청소년들은 시큼털털한 땀내 비슷한 냄새가 난다. 대다수 사람들은 이에 거부감을 갖지 않는다. 그런데 유독 퀴퀴한 노인 냄새는 역겹다고 한다. 자칫 노추 현상과 더불어, 노인 기피 현상을 가중시킬 요인이 되기도 한다.

노인에게서 나는 노인 특유의 냄새는, 노년기에 생성되는 이른바 '노넨알데하이드'가 원인이라는 가설이 제기되었으나, 근거가 없는 것으로 밝혀졌다. 그보다는 각종 분비물이 줄어들어, 신진대사가 제대로 안 될 뿐만 아니라 활동량마저 줄어들면서, 노폐물이 원활하게 배출되지 못하는 데 기인한다는 논리가 보다 설득력 있어 보인다. 신체적 활력의 감소는, 기본적인 위생 관리나 사회 활동까지 위축시키면서 이러한 현상을 가속화할 가능성 또한 크다. 이로 인한 이른바 노인 냄새란 노년기에 접어들면서 자연적으로 생기는 것이어서, 남녀 불문하고 누구도 피할 수 없는 것이다.

정년을 맞을 당시 한 선배가 들려준 얘기가 생각난다. 평생 해온 일은 말끔히 잊고, 개똥철학이나 종교적 환상도 훌훌 털어버리고, 대신 그동안 하고 싶었으나 할 여력이 없었던 일을 즐겁게 찾아 나가라 했다. 아울러 앞으로 노인으로서 지켜야 할, '7up'을 명심하라는 유머까지 전해 주었다. 첫째 clean up, 몸을 청결히 하여 노인 냄새 없애기. 둘째 make up, 화장으로 노티 감추기. 셋째 dress up, 말끔한 옷으로 단장하기. 넷째 show up, 어떤 모임이든 불러주면 열심히 참석하기. 다섯째 cheer up, 일단 참석하면 즐거워하기. 여섯째 give up, 절대로 남을 설득시키려 들지 말기. 마지막 일곱 번째로는 shut up, 입 닥치기라고 했던, 자조 섞인 조언이 새삼스럽다. 그중에서도 냄새 문제가, 첫 번째 유의 사항이었다는 것이 못내 씁쓸했다. 향수 냄새가 심하게 나는 여성들을 볼 때마다 유흥업소 종업원 냄새가 난다며 얼굴을 찡그리곤 했던 내게, 딸들이 언젠가부터 생일 선물로 향수나 화장품을 전해 주었다. 처음에는 의아하다 못해 당황스럽기도 했는데, 요즈음에는 은근히 기대까지 하게 된다. 선배의 조언이 더 이상 유머가 아니게 된 것이다.

후줄근한 옷, 구겨진 모자, 그리고 유행 지난 운동화 차림을 한 노인들이 경로석에 앉아 생기 없이 졸고 있는 모습은, 전철 안에서 흔히 볼 수 있는 광경이다. 같은 노인의 입장에서도 결코 유쾌한 모습은 아니다. 지공 도사(지하철을 공짜로 탈 수 있는 노인을 우스갯소리로 한 말)란 말에, 결코 어울리지 않는 모습을 볼 때마다, 젊은이들은 어떤 생각이 들까 궁금하다. 어린아이들은 무슨 짓을 하든 귀엽기만 하고, 젊은이들은 무엇을 걸치든 멋있어 보인다. 젊음 자체가 아름다워 보이는데, 유독 노화만은 달라 보이는 것은 무엇 때문일까? 게다가 노인 냄새에 대한 혐오감까지 더해지는 것을 목격하면서 적지 않은 연령대에 이른 나로서는, 마음이 불편해지곤 한다. 어느 날 지하철 안에서 얼핏 들었던, 중년 여성들 간 소곤거림이 쉽사리 잊히지 않는다. 노인 냄새가 나서, 경로석 자리는 비어 있어도 앉고 싶지 않다는.

생전에 어머니 방에 들어갈 때마다 났던, 아들로서도 견디기 힘들었던 냄새는 지금도 역력하다. 그런데 그 당시 놀라웠던 사실은, 외국에 나가 있던 딸들이 방학 동안 돌아와, 할머니 방에 들락거리다 보면, 그 특유의 노인 냄새가 사라지곤 했다는 점이다. 남녀 간은 물론, 세대 간에도 상호 교류가 선사해주는 자연의 섭리가 경이로웠다.

노쇠한 용모나 활동력 때문에, 노인을 아름답다고 보기는 어려워 보일지 모른다. 하지만 현시대의 노년층은, 자손을 위해 모든 것을 희생하는 것을 미덕으로 알고 살아온 세대이기에, 상당수가 경제력마저 소진된 채, 무기력한 존재로 전락한 측면도 있다. 평생을 수고해 준 부모님들의 고단한 신체적 내음에, 고개 돌리지 않고 감사와 배려로 감싸 안는 섞임의 미학을 발휘할 수는 없을까?

이종원 | 『월간문학』 수필 등단(2022년). 한국문인협회, 대표에세이문학회 회원.

땅과 물과 하늘의 끝을
찾고 있나요

오영정

아주 오래전 한때는 이곳이 나라의 중요한 사무국으로 사용되었다고 했다. 굳게 잠긴 채 아무도 돌보지 않아 이제는 을씨년스러운 분위기가 풍기긴 하지만, 이 영국식 건축물은 여전히 근사하고 웅장한 자태를 뽐내고 있었다. 미얀마의 수도였던 양곤의 도심 한가운데 우뚝 선 채로, 마치 한때 자신의 위용을 잊지 않으려는 듯 이 건물은 그렇게 묵묵히 제 자리를 지키고 있었다. 몇 달 내내 퍼붓는 폭우도, 살아있는 모든 것을 익혀버릴 듯 뜨겁게 내리쬐는 태양도, 모두 견디며 한자리에 서서 수십 년을 그렇게 버텨왔을 이곳. 긴긴 시간 속, 안개처럼 잠시 머무르다 사라진 수많은 사람들의 땀도, 속절없이 흐르던 사람들의 피도, 권력의 탐욕도, 숭고한 희생과 용기도, 입을 굳게 다문 채 늘 같은 속도로 흐르는 시간 속에서 모두 지켜보고 있었을 이곳. 낮과 밤을 가리지 않고 들려오던 총성도, 도로를 가득 채운 경적 소리도, 지나고 나니 쏜살같던 시간 속에서 모두 듣고 있었을 이곳. 그렇게 수십 년이 흐를 동안 이유도 모른 채 입구가 막혀 얼마만큼의 세월을 홀로 감당해냈는지도 잊어버렸을 이곳. 먼발치에서 바라보는 것만이 허락되었었던 접근 금지 상태의 이곳의 외관을 처음 마주했을 때, 나는 이 건물이 견뎌야 했을 그 인고의 시간에 대해 생각했었다.

아득하기만 하던 그 시간의 끝자락, 어둠 바깥의 시간은 어느 날 문민정부라는 변화를 데리고 문 앞에 다시 나타났다. 오랜 세월 굳게 닫혀있던 그 건물의 입구가 다시 열리던 날, 검붉게 녹이 슨 높고 두터운 철문은 통곡하듯 끼이끼이 삐거덕 소리를 냈다. 침묵해야만 했었던 수십 년 세월의 빗장을 열고 들어온 몇 명의 사람들은 그날 건물 안 곳곳을 유심히 살피고 돌아갔다. 그로부터 며칠 후, 커다란 트럭 가득 실려온 일꾼들은 건물 안팎을 부지런히 다니며 트럭에 함께 싣고 온 커다랗고 기다란 쇠기둥들을 계단 아래에도 문틀 아래에도 천장 아래에도 끼워 세웠다. 한 달 넘게 이어진 그 건물을 중건하는 시간을 목격하는 동안 나는 생각했다. 오래도록 방치되어 노쇠한 건물의 몸뚱이를 구석구석 받치고 새로이 세워진 쇠기둥들은 저 건물에게 희망의 의미일까. 벌어진 벽 틈 사이를 메운 회색빛 시멘트는 자신이 버텨온 시간에 대한 위로 같은 다독임일까. 꽝꽝 울리는 쇳소리가 하염없이 건물 밖으로 새어 나올 때면 나는 마치 설렘으로 두근대는 건물의 심장 소리를 엿듣고 있는 것만 같은 느낌이 들었다.

일꾼들이 모두 떠나고 잠잠해진 며칠 후, 이번엔 새로운 사람들이 이 건물에 찾아왔다. 그들은 한눈에도 아름다워 보이는 미술 작품들을 잔뜩 신고 와 건물 내부에 들렸다. 층마다 방마다 곳곳에 놓인 그 아름다운 것들을 보러, 날이 갈수록 점점 더 많은 사람들이 이 건물을 찾아들었다. 호기심 가득한 눈으로 두리번거리는 키가 작은 아이들부터 생기 넘치는 에너지의 젊은이들, 그리고 느긋하게 걷는 나이 지긋한 어르신들까지. 들뜬 표정으로 아름답게 놓인 미술 작품들 사이를 유유히 오가는 사람들은 저마다 쉴 새 없이 재잘거렸고 그들의 입가엔 미소가 머물렀다. 건물 안을 가득 채운 사람들의 음성은 더 이상 울음이나 절규가 아니었다. 자신도 모르게 새어 나온, 사람들의 기분 좋은 웃음과 경탄의 소리가 건물 안에 온종일 웅웅거렸다. 얼마 만이었을까, 이렇게 다양하고 많은 사람들을 가까이서 보는 것이. 이 건물은 지금껏 무너지지 않고 자신이 버텨낸 시간에 대해 스스로 만족했을까. 자신의 내부에 방문한 사람들을 온몸으로 보듬듯 웅크려 앉은 채 오랜만에 행복한 기분을 만끽했을까. 이제는 정말 이대로 영영 평온할 수 있겠다 싶어 안심했을까.

그날도 여느 때와 같이, 전시회를 감상하러 건물에는 이른 아침부터 사람들이 찾아들었다. 솟아오른 해는 난간이 있는 오픈식 복도를 밝게 비췄고, 가득 찬 빛은 복도를 따라 활짝 열린 문들을 통과해 미술 작품들이 전시된 방 안 깊숙한 곳까지 환히 가 닿았다. 그 빛만큼이나, 밝은 사람들의 재잘거림이 건물 안에 가볍게 퍼지고 있었다. 그때, 웅웅대는 사람들 소리 사이로 알 수 없는 둔탁한 작은 소리가 어디선가 섞여 들려왔다. 그 낯선 소리는 탁탁거리는 짧은 음으로 잠시 나타났다 이내 다시 사라지기를 반복했다.

미술 작품들 사이를 자유롭게 누비며 감상하는 수많은 사람들 속에서, 나는 발길을 멈추고 가만히 섰다. 누군가가 일부러 내는 건지, 반복해서 들려오는 그 작은 소리가 자꾸만 내 신경을 잡아끌었다. 정체 모를 그 소리를 좇아 두리번거리며 조금씩 움직인 나는, 이윽고 그 소리와 가까워진 곳에서 다시 걸음을 멈췄다. 귀 기울여, 들려오는 소리를 향해 줄곧 좌우로 향하던 내 시선은 점점 높은 위쪽을 향했다. 10미터는 족히 될 듯한 높다란 천장과 맞닿은 벽의 끝에 아치 모양의 작은 유리창이 하나 있었다. 그리고 그 앞엔 작은 비둘기 한 마리가 있었다. 쉬지도 않고 작은 날개를 퍼덕이던 그 새는 유리창을 향해 힘차게 앞으로 나아갔다. 그러나 유리창에 가까워질 때면 어김없이 그 새의 부리가 유리에 먼저 닿아 '탁'하는 소리를 냈다. 그 조그마한 몸은 충돌의 충격이나 부상 따위 아랑곳하지 않는 듯, 다시 힘차게 날개를 움직여 뒤로 잠시 밀려난 몸을 이내 앞으로 전진시켰다. 몇 번이고 어김없이 부리가 유리창에 부딪혀 둔탁한 소리를 냈지만, 미술 작품들 사이를 흐르듯 지나는 사람들에게 그 작은 새의 사정 같은 건 안중에도 없었다. 건물 안에서 웅웅거리는 사람들의 소리 사이로 '탁, 딱'하는 작은 소리가 마치 환영처럼 섞이고 있었다.

닿을 듯 가까워 보이던 하늘을 향해 온 힘을 다해 날갯짓하던 너는, 너와 하늘 사이를 가로막고 있는 것이 유리창인지 몰랐겠지. 네 작은 부리가 닿을 때마다 둔탁한 소리를 먼저 내게 만들던 그것이, 그토록 투명한 벽이었는지 너는 몰랐겠지. 한시도 쉬지 않고 푸드덕거리던 네 날개는, 열심히 노력하면 갈 수 있다고 생각했던 것일까. 아직 너의 노력이 부족해서 네가 원하는 그 하늘로 나아가지 못하는 거라고 자책하고 있었을까. 아니면, 눈앞의 하늘을 보고 날개를 푸덕이며 이미 넌 그 하늘을 날고 있다고 생각했을까. 네가 보고 있는 그 하늘을 날기 위해서라면 부리가 부딪히는 아픔쯤은 언제까지라도 참아낼 수 있다고 생각했을까. 자꾸만 깃이 빠져도, 날수록 힘이 빠져도, 지금까지의 날갯짓이 아쉬워 뒤로는 절대 물러설 수 없다 생각했을까. 언젠가 네가 처음에 결심했던 그 다짐을 이루기 위해 다른 길은 가지 않겠다, 포기하지 않겠다 생각했을까. 네가 바라보던 푸르디푸르고 넓디넓은 그 하늘의 끝은 어디였을까. 땅의 끝도 물의 끝도 알게 되는 곳일까.

나이 지긋한 건물의 역사 안 한편에 한참을 서서 나는 고단한 날갯짓을 멈추지 못하는 그 작은 새를 바라보고 있었다. 서 있는 내 등 뒤편으로 활짝 열려있는 문, 바람이 불어오는 복도, 난간 밖으로 넓게 펼쳐진 하늘을 그 작은 새에게 전해줄 방법을 찾지 못해 가슴이 아려왔다. 네가 그토록 열정을 다해 바라보던 그 넓고 푸르른 하늘로 가는 길이 너의 눈앞이 아니라 등 뒤에 있다고. 활짝 열린 하늘은 높은 그 위가 아니라 훨씬 낮은 곳에 펼쳐져 있다고. 그렇게 눈앞만을 바라보며 가로막힌 투명한 벽에 부딪쳐 계속 아파하지 말고 옆도 아래도 뒤도 한 번만 둘러보라고. 힘들면 잠시 내려와 앉아 쉬어도 된다고. 잠깐 멈추는 것이 결코 네가 포기하거나 지는 게 아니라고. 잠시 앉아, 흘린 땀을 바람에 식혀보라고. 그러다 보면 그 시원한 바람이 불어오는 곳을 알게 될 거라고. 그렇게 바람길을 거슬러 가다 보면 활짝 열린 문을 만나게 될 거라고.

그 사이 몇 무리의 사람들이 내 곁을 지나갔다. 새는 여전히 그 자리에서 날갯짓했고, 나는 한참이나 그렇게 선 채로 정작 누구에게 하고 싶었을지 모를 그 말을 마치 주문처럼 속으로 되뇌었다. 뒤로 가도 돌아서 가도 결국엔 네가 찾는 하늘을 날게 될 거라고. 땅과 물의 끝도, 하늘의 끝도, 찾을 수 있을지는 모르겠지만, 그 사이에선 네가 원하는 만큼 훨훨 자유롭게 날 수 있다고.

닫힌 유리창 밖의 하늘을 바라보는 비둘기를, 그리고 그 작은 새를 바라보는 나를, 오랜 시간의 풍파를 켜켜이 품은 그 건물은 지켜보았을 것이다. 그도 어쩌면 한곳을 바라보며 동동거리는 한 작은 인간이 안타까워, 내게 전하고픈 말이 있었을지 모른다.

수년이 흐른 지금도 가끔 그날이 생생하게 떠오를 때면, 나는 잊지 않으려 한다. 마치 하나의 무중력 공간 안에서, 비둘기와 나와 건물이 동시에 같은 숨을 들이켠 듯 느껴졌던 그 순간을. 서로의 시선에서 나와 너를 구분할 수 없었던 그 순간을. 어쩌면 여전히 우리는 아직 같은 자리에 머무르고 있는 건지도 모를 이 순간을.

오영정 | 『월간문학』 수필 등단(2022년). 한국문인협회, 대표에세이문학회 회원.

대표에세이 문학회

존재와 시간

정목일 지연희 권남희 최문석 고재동 이은영 안윤자 김사연 정인자
윤영남 김정화 류경희 조현세 김지헌 정태헌 김선화 박경희 김윤희
김현희 김상환 김경순 허해순 허문정 김진진 원수연 전영구 김기자
김영곤 신순희 박규리 김순남 최　종 고명선 신미선 조명숙 백선욱
이재천 신삼숙 강지연 정석대 박용철 권　은 허복희 오대환 이대범
박소미 이종원 오영정

존재

—— 와 ——

시간

대표에세이 문학회